Enseñanzas de Wilín

Enseñanzas de Wilín

Written by Ecuadorian

Wilson Carrillo

Illustrated by Ecuadorian

Galo Endara

ISBN: Tapa Blanda 978-1-4633-7318-4
Libro Electrónico 978-1-4633-7317-7

Este libro fue impreso en los Estados Unidos de América.

Fecha de revisión: 21/01/2014

Para realizar pedidos de este libro, contacte con:
Palibrio LLC
1663 Liberty Drive
Suite 200
Bloomington, IN 47403
Gratis desde EE. UU. al 877.407.5847
Gratis desde México al 01.800.288.2243
Gratis desde España al 900.866.949
Desde otro país al +1.812.671.9757
Fax: 01.812.355.1576
ventas@palibrio.com
437314

For my children
David and Johana
with love

Contents

Índice

To My Readers

I wrote "Enseñanzas de Wilín" when I was in my home country, Ecuador. Due to unforeseen circumstances, I had to come and settle in the United States of America, and for that reason I decided to publish my work in both languages, but an immigrant's life is not always easy: it is full of work, and with a family there is not much time left for anything else. This led me to write the English version without having the original version in Spanish at hand. When I compared the two writings I decided to leave them just the way they were, resulting in two parallel versions of the same teaching.

My most sincere thanks to my son, David, to my friends: Teresa Horton and Sonya Fletcher, to my tutor Calvin Jones, to my teachers Dianne Iseman and Colleen Lopina and to all my ESL teachers, whose help and stimulus have made it possible for my writings to have a better expression in the English language.

A Mis Lectores

Escribí "Enseñanzas de Wilín" cuando estuve en mi patria Ecuador. Por circunstancias del destino me tocó vivir en los Estados Unidos de América y por ello pensé en publicar mi obra en los dos idiomas, pero la vida de los inmigrantes es muy dura y siempre llena de poco tiempo. Esto me llevó a crear la versión en inglés sin tener a mano los originales de la versión en español. Cuando los comparé decidí dejar los escritos como estaban, así resultaron dos versiones paralelas de la misma enseñanza.

Mis sinceros agradecimientos a mi hijo David, a mis amigas Teresa Horton y Sonya Fletcher, a mi tutor Calvin Jones, a mis profesoras: Dianne Iseman y Coleen Lopina y a todos mis maestros de ESL, que con su ayuda y estímulo, me impulsaron a dar a mis escritos una mejor expresión en inglés.

Two Dogs and the Bone

One day, a dog found a bone. He carried it looking for a better place to eat it. Suddenly, a big dog appeared and forcefully asked for the bone. The two dogs fruitlessly argued over the right to the bone. They started a big and unequal fight.

Soon the bone was in the mouth of the big dog.

Rights should not be determined by strength and weapons. Dialogue is the best way to obtain the fairest solution. Otherwise, we are no better than dogs!

Los Dos Perros y el Hueso

Un perro recibió cierto día un hueso de su amo y fue a buscar un rincón para comérselo con más tranquilidad.

Pasó por el lugar un perro más grande, que atraído por el olor, empezó a gruñir exigiendo todo el botín. Inútiles resultaron los diálogos y protestas, sobre quien tenía mayor derecho sobre el hueso. Pataleos, mordiscos y ladridos, se armó la desigual pelea... Pronto el hueso quedó sin discusión en las fauces del poderoso.

Así es en la vida, los hombres o naciones poderosos acallan la razón de los más débiles, teniendo el poder como su único argumento.

Jamás la fuerza o el armamento deben servir entre los hombres, como sustento valedero del derecho. Recordemos: el diálogo y el respeto mutuo son armas valiosas en la solución de los problemas.

The Compass

Following the instructions of their teacher, some children played with a little compass. They were delighted to see that no matter where they were, in the basement or upstairs, that the needle always pointed in the same direction. The children moved around, inside and outside, and discovered that the compass always pointed north.

The minds of children are like this compass. When children are taught well by their parents and teachers, no matter where they go or who they meet, they act according to their education. We will not always be there to guide our children, therefore we should provide a strong foundation within their hearts. This foundation can act as a compass to help them find their way.

La Brújula

Algunos niños sostenían una brújula, aparato que parece tener el alma noble. Con bulliciosa alegría recorrieron con ella por toda la casa, desde el sótano a la azotea, dormitorios o jardines y se llenaban de admiración, que en cualquier lugar: oscuro o claro, alto o bajo, la aguja mostraba siempre una misma dirección.

Así los niños o los jóvenes, cuando están bien formados se dirigen preferentemente al bien. Si cambian de barrio, de amigos o de país, demuestran con sus actuaciones, la educación que recibieron.

Los padres o los maestros no nos acompañarán toda la vida, por tanto, debemos escribir sus enseñanzas en nuestro corazón y actuar de acuerdo a ellas: estas serán como una brújula para guiar nuestro camino.

La vida nos pondrá ante situaciones difíciles: cambiarán las costumbres y nos ofrecerán otros principios de ética. Todo lo pasado nos parecerá producto de un tiempo ya superado. Así que, a más de brújula, necesitaremos analizar con claridad las alternativas y haber reforzado nuestra voluntad.

Caterpillars

Some caterpillars were sad. They cried because their friend had died the night before. He laid inside a coffin of cotton.

"He will never see the sun again," said the first one.

"He will never visit the flowers," shouted a second one!

"He will never feel the winter's power," whispered another.

A few days later, their friend got up from this coffin. He looked different, his body had been changed. He could not walk, but he could do something more: he could fly! The wind under his wings allowed him to soar above the flowers.

This is how life is: Death often brings sorrow when a parent, relative or loved ones pass away. However, with life after death we are reborn in a celestial place.

Las Orugas

Unos gusanos se lamentaban sin entender al destino. ¿Por qué un compañero, había muerto, por qué ahora yacía en un ataúd de algodón?

- Ya no podrá salir a visitar las hojas del jardín, decían...

- ¡Qué pesar!

- Tampoco mirará la luz al amanecer.

Otros lloraban.

Pasaron unos pocos días y aquel rastrero gusanillo apareció diferente, con sus alitas de luz y cristal. Caminar o arrastrarse ya no podía, porque sabía algo más: visitaba las flores volando con belleza sin par.

Así en la vida, los humanos lloran desesperados, cuando un pariente o un amigo se va; pero no saben que la muerte, es tan solo aparente y que sus cuerpos toman nueva vida en un país celestial.

The Pair of Shoes

Once a shoemaker made the most wonderful shoe and was very happy. He was so excited, he took the same pattern and made another shoe. He was proud of the end result. He put the shoes out for display. The first person who looked at the shoes laughed and said, "You won't sell these shoes."

"Why?" asked the shoemaker.

The customer said, "You have made two shoes for the same foot."

Be careful, parents, because our children are not clones. We may try to mold our children as ourselves. The beauty of it is that each child will grow with their own originality. There may be a specific pattern for a pair of shoes, however parents must help their children foster their own originality and virtue to choose their own path.

El Par de Zapatos

Un zapatero trabajó un día con inspiración y logró hacer un zapato, que a su juicio era el mejor. Estaba feliz y no paraba de mirarlo con detenimiento. Entusiasmado de tanto acierto, tomó la plantilla igual y trabajó con mucho esfuerzo, hasta lograr otro idéntico. Orgulloso de su hechura, sacó el producto para la venta; mas el primero que lo vio, riéndose con fuerza murmuró:

- ¿De qué me sirven dos zapatos iguales, si los dos son para un mismo pie? Allí, tardíamente, el zapatero descubrió su propio error.

Del mismo modo los padres, muchas veces, trabajamos vanamente, pretendiendo que nuestro hijo se nos parezca totalmente, cuando lo hermoso es ciertamente, que teniendo la misma base, crezca con originalidad.

Hay hormas para zapatos, mas para el hombre virtud y originalidad. Despierta en tus hijos inquietudes, dales pequeñas ayudas y déjales en libertad al escoger su destino.

The Two Trees

A group of bullies were talking about another guy because of his height. A teacher saw the boys talking and called these boys and showed them some trees; the teacher said them "Watch the trees, those are high and full of leaves, these are smaller, but full of fruit, also look at this one, the smaller tree is better because of what it produces from the inside. The tree with more fruit inclines more and more. Men are like trees. Men are not measured by their height, but by their actions."

Never be flippant about others, never despise anyone because of height, color, race or religion, nor feel that you are better than others because of your actions. If I do something better, I must have humility.

Arrogance is despised by God, but humility will be exalted.

Los Dos Árboles

Dos niños, preocupados por su estatura, discutían acaloradamente sobre cual de los dos era el más grande. Se paraban de puntillas o utilizaban zapatos más altos.

El padre tomó a los niños por sus brazos y les mostró dos árboles del huerto.

.- Miren les dijo.- ese árbol tan alto tiene muchas hojas pero pocos frutos, éste en cambio es pequeño, pero está cargado de frutos. Es curioso, pero observen, el árbol mientras más cargado está de frutos, más se inclina y más pequeño se mira...

Por tanto, no es la apariencia lo más importante, el valor de las personas no está en su estatura.

Si en la vida logras hacer cosas importantes, se humilde y así estarás cerca de las personas a las que quisiste servir.

Que no sean tus cualidades barreras que te aíslen en vanagloria, sino instrumentos de ayuda.

The Two Kids and the Ball

Two kids received balls from their fathers. The first one loved the ball, and saved his ball in a locked box. His friends suggested that he play with his ball, but he never took the ball out of that box. Also his father praised his son, because he had all his toys carefully saved.

The other one also loved the ball. For this reason, he was playing every day with this ball. One year later he received a prize as the best sportsman in his school.

The toys are the property of the kids. Sometimes people forget the destiny of things. In a game the kids learn to win with humility or to lose after a great effort.

Everybody needs to learn in this lesson that selfishness gives us poverty, but to share gives us success.

Los Dos Niños y el Balón

Dos niños recibieron balones de fútbol como regalo de Navidad. El primer niño dijo feliz: - No hay regalo mejor. Y abrazándose al balón con fuerza, nunca lo quiso soltar. Tal era su cuidado, que lo limpiaba con frecuencia y lo puso bajo llave en un baúl, en vano sus amigos le rogaban que lo sacara para jugar. El padre, solía felicitarlo, por lo bien que cuidaba todos sus juguetes.

El otro niño en cambio, no encontraba dicha mayor, que salir a jugar con sus amigos llevando su balón. Al cabo de pocos meses recibió un premio de su escuela por ser el mejor deportista.

Hay gente, que olvida muchas veces el objetivo de las cosas. El juego es un gran ejercicio, que nos enseña a compartir, a ganar con humildad o a perder dignamente después de un gran esfuerzo. Aprendamos con esta lección, que el egoísmo a nada conduce, en cambio el compartir nos da superación y nos ayuda en la solución de los problemas.

The Potatoes

Once a mother looked at her son and she observed that he had different encounters with each person, according to their nationality, religion or sexual preference. The mother said to her son, "What are you eating?"

Her son answered, "French fries."

The mother continued, "Oh potatoes...How tasty they are! Do you know where the potatoes are grown?" And she continued, "The potatoes grow underground, but now, they are white and tasty.

Please never discriminate because the people that you discriminate against can be like the potatoes and have a crystal heart.

Las Papas

Un pequeño disfrutaba de su apetitoso alimento, y un niño indígena se acercó a él con ánimo de jugar; mas aquel chiquillo, lo miró con desprecio, girando su cuerpo en orgulloso ademán. Su padre, al darse cuenta del desaire, dialogó con su hijo de este modo:

- ¿Te gusta lo que comes?

- Es mi comida preferida. -Respondió.

-Esa papa que con tanto gusto comes, creció bajo la tierra y eso en nada ha mermado su sabor

¿Verdad? Pues bien, cuando quieres servirte un apetitoso alimento no te pones a pensar si proviene de los árboles, plantas o raíces.

Nunca te fijes en la procedencia de las personas, en su riqueza, condición social, religión o color. La amistad no tiene barreras, la discriminación es una enfermedad, que aniquila al corazón de quien la profesa. Por tanto no desprecies a nadie, porque los indios, negros, orientales o blancos son todos hijos de un mismo Padre Dios.

The Grandmother and the Prayer

One day, while a grandmother closed the door to go with her grandsons to the park, she suggested that they pray, but in a few minutes, she listened them to cry and laugh a lot. What happened? She asked her grandsons.

"I fell down" said one of the children.

"Why did you fall down?" the old woman said.

"I closed my eyes to pray," answered the little boy.

The grandmother advised everybody, "When you are in the church you can close your eyes trying to find God inside you, but when you pray in the streets, you need to have your eyes absolutely open trying to see God, who hides himself among the poor people."

That is true; you can find God everywhere. Please do not throw away any opportunity.

La Abuela Y La Oración

Una dulce anciana, mientras cerraba el portón, pidió a sus nietos, que rezaran antes de salir de casa. Todos obedientes hicieron alguna plegaria mental mientras daban sus primeros pasos, luego de un instante, el grito, las risas y la novedad. Uno de sus nietos había tropezado con una piedra. Presurosa la abuela fue a prestarle su ayuda, pero no pasaba de un susto y un rasguño.

- ¿Por qué no miraste la piedra? - Preguntó la abuela.

- Cerré mis ojos para orar. - Respondió el pequeño.

Entonces la abuelita dijo a sus nietos: -Cuando se reza en el templo o en la casa, se puede cerrar los ojos, para tratar de oír la voz de Dios; pero cuando se ora en las calles, hay que abrir bien los ojos, para ver a los pobres y necesitados, entre los que se esconde Dios.

Cristo está en nuestras calles todos los días y sería muy triste, pasar a su lado, empujarlo o gritarlo, sin saber, que era ÉL quien salió a nuestro encuentro. Cuando estemos en las calles abramos los ojos y sin duda nos encontraremos con El.

The Nest

One day a storm broke a branch from a tree, and a nest stayed without the protection of the leaves. Two boys walking around the tree looked at the nest with two eggs and decided to put the nest in a safe place. A bird tried to defend the nest, but they moved the nest to another safe place, but there the nest remained alone because the mother bird did not come back to it.

Respect the wild world. Respect nests. Birds and other animals disappear every day. In the cities kids do not listen to the birds trilling in the morning. And they can't see the charm, and their varied colors.

Police officers firefighters, nurses or doctors are people with knowledge to help, because to have goodwill is not enough in hard moments of our lives. If you want to help, it is important to have a basic knowledge about how to protect lives and animals.

El Nido

Cierto día una rama se desprendió de un árbol dejando un nido al descubierto. Preocupados por este hecho unos niños subieron hasta alcanzar el nido y decidieron llevarlo a un lugar más seguro. Inútilmente la pajarita intentó defender sus huevecillos.

El nido quedó finalmente abandonado y con esto las vidas de sus futuros polluelos perdidas.

Respeta la vida silvestre, que los animalitos tienen una inteligencia instintiva puesta por el propio Creador. A veces es mejor dejar que la sabia naturaleza siga su propio rumbo sin la intervención humana. Esta resulta efectiva, solo cuando la realizan personas que saben como actuar en determinadas situaciones.

Ten presente, que no siempre la buena voluntad es eficiente ayuda en los momentos de dificultad. Algún día tú podrías acudir a una emergencia, pero de seguro que harás un mejor papel si te has preparado para enfrentarla.

The Fox, the Parrot and the Eggs

A fox was stealing eggs on a farm every day. The farmer needed to know who had been stealing eggs on his farm, but nobody knew. For a long time he put out traps, and finally the fox was caught.

When the parrot saw the fox was a prisoner, he shouted,

— "I am sure he is guilty. I have been watching him every night steal the eggs."

The farmer listened to this and killed the fox and the parrot too.

A guilty person not only does something bad, but can also be an accomplice. To be silent is not prudence, but cowardice.

La Zorra, la Lora y los Huevos

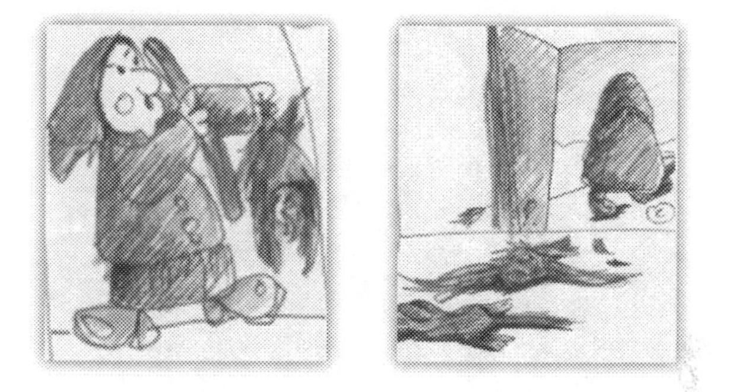

A vista y paciencia de una lora, una zorra robaba diariamente apetitosos huevos de un gallinero.

Al cabo de dos meses y luego de salvarse de numerosas trampas, cayó presa finalmente la astuta zorra.

Cuando estuvo atrapada, nadie salió en su defensa, más bien la lora, cuando se dio cuenta de que no podía escapar, dijo con toda su fuerza:

- Es ella, yo la he visto robar todos los días.

Con lo cual, la dueña del gallinero, no dudó en matar a la zorra y matar también a la lora.

Así en la vida, es culpable no solo el que roba, sino también el que deja robar. Es culpable el que hace el mal, como el que calla lo sucedido, con lo cual se convierte en cómplice. No es prudencia el callarse, cuando el silencio resulta una traición o una cobardía.

Denuncia a tiempo a los culpables y evitarás que se extienda la maldad.

The Eraser

In the art studio there were a lot of pieces of equipment, rulers, pencils, erasers, papers and tables. When the pencil made a bad line or sketch, the eraser immediately protested and destroyed every line. If the pencil failed again, the eraser came back to erase it again. When the work of art was finished the eraser was very happy and the pencil asked him, "Eraser which one of these lines did you make?"

People, some times, do the same as the eraser, they spend their lives criticizing. Real critics are important in our lives and they push us to self-improvement. Sometimes, we should be like the eraser, and correct our faults. We need to be a pencil or oil painting and create a new word full of colors that offer happiness and hope.

El Borrador

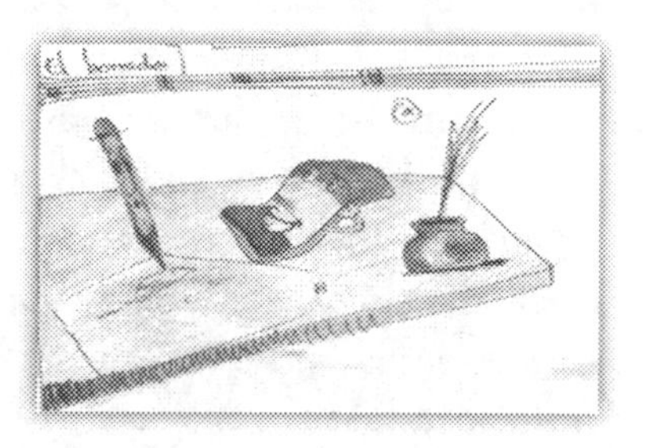

En la mesa de un dibujante había un hermoso borrador, que cuando veía un trazo mal hecho, iba presuroso a decir:

- Lo hiciste mal. Lo hiciste mal.

Y si nuevo error había, iba con más fuerza tras de los trazos a decir:

- Lo hiciste mal, Lo hiciste mal.

Cuando la obra de arte quedó terminada, el lápiz le preguntó:

- Borrador, borrador. ¿ Qué trazo hiciste tú?

Así hay muchas personas, que se desgastan en la vida criticando, sin jamás aportar con algo positivo.

Hay comentarios que solo pretenden destruir, mas la verdadera crítica, nos ayuda a encontrar errores. Así la crítica se convierte en un elemento regulador y servicial.

The Young Man's Purpose

A young man went to a bus station and took a seat on his bus. The bus was soon full; some people even had to stand. Suddenly an old man got on the bus and was standing because there were no more seats available. The young man looked at the old man standing and said to himself, "This man is old, but my trip is long, he needs my seat...but why does not he take the next bus? It has enough seats available"... But he answered himself, "Maybe he is in a hurry, like me. Okay, I will give him my seat halfway through the trip, with this thought he assuaged his conscience.

The bus started and went on the road for a long time. The old man was tired, but the young man said to himself, "I will give him my seat halfway".

The bus arrived at a small town that he considered halfway, but when he was ready to offer his seat, the young man realized the old man getting off the bus.

In hell there are many people that had good intentions, but never did good work. Do it quickly and do it well. Please remember "The road to hell is paved with good intentions."

El Anciano y El Joven

En un terminal de transporte se podía encontrar asiento en los vehículos con relativa facilidad; pero cierto día, en horas de congestión, había una fila de gente y se llenaban los carros con facilidad. En uno de ellos y cuando ya no quedaban asientos disponibles, subió un viejecito octogenario. Un joven que ocupaba uno de los primeros puestos, dijo para sus adentros - Este anciano debería ir al siguiente bus, pues le será imposible ir todo el recorrido de pies. Yo le cedería mi puesto, para tomar el carro siguiente, pero, llevo un apuro muy grande.

El carro empezó a moverse y el joven observó, que el anciano seguía parado, sin que nadie se comidiera en darle un asiento y él para justificarse decía:

- ¡Vaya estos viejos, creen que, uno está obligado a cederles el asiento! Es sin duda por ello, que no ha ido en busca del carro siguiente. Pero le asaltaba una duda:

- Y ¿ si él tuviera tanto apuro como el mío?

En tanto, el carro caminaba y el joven se dijo nuevamente, como contestando a su conciencia:

-Está bien. Le daré mi puesto a mitad del camino.

El vehículo, siguió su marcha y el joven observaba el cansancio del veterano; pero se consolaba a sí mismo con la idea de que, a mitad de camino, le daría su puesto. Llegado al sitio, que él consideraba era la mitad del camino, y cuando estuvo a punto de entregar su asiento, vio con pesar, que el viejecito se bajaba del carro.

Hay arrepentimientos por males que hemos realizado y otros muchos, por todo el bien que dejamos de hacer. Si decides hacer el bien, nunca demores en hacerlo, por que en el infierno están miles de personas, que solo tuvieron buenas intenciones, pero les faltó decisión para realizarlas.

The Cat and the Duck

A mother asked her son, "Which will be the winner the cat or the duck?"

The little kid smiled, and said, "The answer is really easy. The winner will be the cat, because it is faster and agile, on the other hand the duck is slow, he walks too awkwardly, and with his beak, maybe he could not eat very well."

The mom served a big plate with bread and milk and said: "O K my pretty cat eat" and she put the plate near the cat. The cat was lying down taking the sun, he moved slowly, and he turned his body waiting for a pat. While this happened the duck wadded over changeable, but faster and stated eating the food until it finished. When the duck finished the food, the cat was standing, mewing, and asking for food.

The mother said, "Your life will be like this, if you don't take advantage of your opportunities, others will come and they will take advantage. The cat has more qualities, but he never used them. You will lose the challenge if you don't study because of laziness, or if you don't take advantage of the opportunities that life gives, especially in youth."

El Gato y el Pato

Un niño rico se había vuelto perezoso, ya que confiaba tanto en la riqueza de su padre, que por ello no se sentía motivado a estudiar. Su madre cansada de tanto ruego, le sacó a dar una vuelta por el jardín.

Junto a la puerta de salida, en un pequeño plato, se ponía la comida para el gato; pero el perezoso dormía plácidamente.

La madre y el niño llamaban al gato con mimos, pero él demoraba adormitado; mientras tanto un pato, disfrutaba de la comida del dormilón.

- Mira esto, - Dijo la madre. Y mostrándole al pato dijo: - Fíjate cuanta dificultad, para moverse y para comer tiene este animal; y sin embargo tú lo ves comer con gran avidez. El gato que es más ágil, ni siquiera ha dado un paso para comer.

Hijo mío hay muchos pobres que sufren penalidades para poder pagar sus estudios, esos que se esfuerzan llegarán muy alto; en cambio los que tienen todo fácil y no se esfuerzan, serán los pobres y mendigos del mañana.

La pereza genera pobreza. En cambio el trabajo y el estudio nos dan prosperidad. No confíes en la riqueza de tus padres, básate en tu propio esfuerzo.

The Girl and the Box

A poor mother walking home entrusted to her son a medium size box and to her daughter a small box. They were walking on the road when two small boys, their neighbors, met them, but they didn't have any bags or packets, and they never offered their help. So the little girl, who was tired, said to the small neighbor, "Maybe you are not as strong as I, and you can't carry this packet" "I am strong" said the small and embarrassed boy. He took the box and he carried for two blocks. When the girl looked at the tired little boy, said to another one, "Look at your brother. He is really strong! He has carried that packet for two blocks. Maybe you can't do anything like this." So the boy said "If my little brother could carry it for two blocks, I can carry it four blocks," and he took the box and carried it until the end.

Sometimes even in courtesy, there can be little slyness.

If anybody needs help, offer fast and efficient support. Walk all the time before the necessity of your friends.

La Niña y la Carga

Una madre debía llevar varios objetos de casa, de modo que se hizo ayudar por sus dos hijos. La hija pequeña recibió un paquete que le resultaba pesado. En el trayecto se les juntaron dos niños vecinos, que no tenían carga alguna y que no demostraron ningún intención de brindarles ayuda. Entonces la niña se acercó y retó al más pequeño:

- De seguro que tú no eres tan valiente, como para llevar este peso.

- ¿Qué no puedo? - Dijo el niño y tomando el paquete avanzó con él.

Al mirarlo con cierto cansancio, se acercó al mayor y le habló de este modo:

- Mira ¡Qué valiente es tu hermano! y eso que es pequeño, ha traído esta carga por una cuadra. Tú de seguro, que no eres capaz de llevar este peso ni por media cuadra...

Herido en su amor propio, el niño mayor se expresó de este modo:

- Que si mi hermano, ha llevado ese paquete una cuadra, yo seré capaz de llevarlo por dos cuadras.

Y diciendo así, tomó la carga y avanzó con ella hasta llegar.

En este mundo tan olvidado de cortesía, nunca está por demás un poco de picardía.

Si alguien necesita un favor ofrece tu ayuda, no esperes que te la pida.

The Spring

One day a boy was playing with a metal spring, and he was really funny looking at it. In his mind, it was like a strong soldier because if he pressed it, it resisted. And when he pressed more, it jumped everywhere. "Oh," said the boy, "It is fantastic," But immediately he thought, "if I have a bigger one it will be stronger." So he stretched the spring out longer and longer, but when he tried to play with it again, the spring was damaged. It didn't become stronger and was no longer a good toy for him, so the boy put it in the trash.

We are like this spring, we can react against the evil all the time. But if we expose ourselves to liquor, drugs, pornography or bad relationships, we will be destroyed.

Avoid dangerous places or people, and control yourselves.

El Resorte

Jugaba cierta ocasión un niño con un resorte, mientras más lo presionaba, con más fuerza pretendía saltar. Lo presionaba y lo soltaba de pronto y el resorte daba saltos prodigiosos. Entonces se dijo a sí mismo:

- Lo alargaré y será más fuerte porque los resortes grandes tienen mayor fuerza, así lo haré saltar con más gusto. Deformó y alargó el niño el resorte, pero...Ya no sirvió más y con pena lo arrojó al basurero.

Cuando el hombre está bien formado, se parece al resorte, aunque lo presione la maldad, él sabrá rechazarla; pero si se deforma su conciencia, con falsas ideas o con drogas, que debilitan su voluntad, se destruirá a si mismo.

La vanidad te hace creerte más grande que los demás, por ella tus propios compañeros te rechazarán.

Nunca digas de esta agua no beberé. No te sobrevalores. No expongas tu vida a los riesgos de la velocidad que podrían destruirte y destruir a los demás.

A Cup of Water

Kids have many questions. One day a boy said to his father,

"Dad, what has more value, all the water in a pool or a cup of water in the desert?"

- "Certainly the cup of water in a desert. A cup of water in a desert can save our life."

Visiting someone in the hospital, jail, or someone with problems, is more important than ten visits to someone in a good situation.

Helping people in need is more valuable than helping someone for profit.

El Vaso de Agua

En medio de las múltiples inquietudes que tienen los niños y que brotan en ellos como los capullos en primavera, un niño preguntó a su padre:

- ¿ Qué vale más, toda el agua de una piscina en una gran ciudad o un vaso de agua en un desierto?

- Ciertamente el vaso de agua. Respondió el padre. - Esta tiene en algunas circunstancias un valor inestimable.

Así en la vida, una sola visita en un hospital, en una cárcel o en momentos de dificultad, valen más, que mil visitas realizadas en los mejores tiempos.

Una ayuda, cuando la gente está necesitada, en accidentes o sin trabajo, se valora como favores, que ni todo el oro del mundo podrían pagar.

The Pick

One day a man from the country was working the ground with a pick; he knew exactly what to do. If he found rocks he used the sharp end of the pick, but if he worked on soft ground he used the wide end of the pick.

Educating people is a task that needs a strong, powerful side, which is called correction, and a soft side which is called stimulus. The stimulus accomplishes more than the correction, but both are needed in education

The art of education is to know exactly when to use one or the other. But we will fail as fathers or teachers if we never say anything and we favor silence. Silence could be an accomplice of evil.

El Pico

En las horas calurosas de una mañana de sol, un trabajador removía la tierra, ésta era a momentos arenosa, pedregosa o llena de humus, y le significaba una dura tarea. Sabía de su trabajo y movía su pico con gran precisión, si encontraba piedras o tierra dura, las removía con una dura punta y arrastraba la tierra suave con el otro lado, que al semejar un azadón le daba gran utilidad. Y si el suelo se volvía duro, repetía su rutina y cavaba en la tierra con el duro pico.

En la tarea de la educación, padres o maestros deben aprender de esta lección, que nunca los hijos, los hermanos o los alumnos son iguales, que las edades o circunstancias varían, y que por tanto, poco se remueve con castigo y mucho más con estímulo y comprensión.

Los padres son llamados a corregir con firmeza, a estimular con alabanzas y premios, pero nunca a dejar hacer, y callarse sin opinar. Callar puede ser complicidad o cobardía.

The Hummingbird and the Honey

In a place in the jungle all the birds elected a toucan to be a judge. The situation was really strange. All the accusations were about a hummingbird. All the animals accused him of being the thief of a big deposit of honey.

The toucan was ready to declare him innocent. Because it seemed impossible that a small bird could carry that great amount of heavy honey, but just in that moment, everybody heard of a big problem in a nest in the jungle. The problem was in the hummingbird nest. The babies hummingbird were fighting one to another over the robbed loot.

Education should be a good legacy, bad actions never will be an example to new generations. Some fathers try to accumulate property and wealth, and that causes conflict and fights.

El Colibrí y la Miel

Se cuenta que en un bosque de la montaña, un Tucán hacía las veces de rey, gobernando los dominios con justicia sin igual.

Cierto día observó preocupado, que alguien había robado las reservas de miel. Reunió a todas las aves, y en congreso, discutieron lo sucedido. Las sospechas cayeron sobre un pequeño colibrí. - ¿Cómo podría un colibrí robar las reservas de miel, que le triplicaban en peso? Se preguntaba el Tucán.

Cuando pensaba absolver de culpa al colibrí, un tremendo bochinche explotó en un nido: eran dos pequeños colibríes, que peleaban por disputarse La miel robada por su padre.

Así resulta en la vida, muchos almacenan dineros, bien o mal habidos, superiores a su propias necesidades, sin saber, que son las herencias codiciosas, las formas más seguras de enemistad familiar. La educación y la unión familiar, son invalorables tesoros que debemos legar para la posteridad.

The Bird and the Mirror

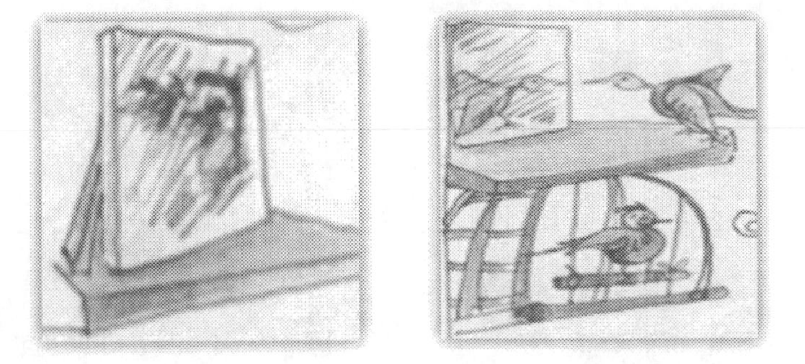

In a farmer's patio there was a mirror hanging on a pillar over a little shelf. Sometimes a bird used to look in the mirror; it thought maybe, that it found another bird, which it was trying to play with.

The farmer saw the bird, so he bought a female bird like that one, and he hung the cage next to the mirror.

The bird never went to the mirror, it kept going to the cage, so the farmer liberated the bird from the cage and now they fly together.

Loneliness can create imaginary friends, but they disappear when we find friends or a real love.

Your close friends should be more important to you, then just a friend, that you talk to on the internet.

El Pájaro y el Espejo

Todas las mañanas un pájaro picoteaba su reflejo en los patios de una hacienda. En vano le dejaban alimentos para que los comiera, pues él prefería juguetear frente a su imagen.

Se le ocurrió entonces al hacendado comprar en el mercado una jaula con una pajarita similar. El ave desde aquel momento, empezó a visitar la jaula.

Liberaron finalmente a la pajarita y desde entonces, los dos juguetean amorosamente, entre los árboles, y ya no han regresado al espejo.

La soledad puede crearnos compañeros imaginarios, que desaparecen pronto, si encontramos amor o amistad.

Quien a solas conversa nos dice a las claras, que necesita de diálogo, porque se siente en la fría cárcel de su soledad.

Hoy se ha creado una soledad diferente, en las reuniones de jóvenes se mira, que cada uno se mantiene aislado, conversando a través de nuevas tecnologías con amigos distantes. Vivamos la vida plenamente, no nos dejemos absorber por el espejo de las novedosas tecnologías.

The Sportsman and the Executive

One day while driving his amazing car an executive watched a sportsman running around the park and he immediately thought, "It is extraordinary to have time for to running in the park, wearing shorts, comfortable shoes, to free myself from this car that makes me nervous, and to breathe pure air."

The sportsman looked at the executive and thought "Who could have this luxury car in order to go faster everywhere. It is really a dream to have this suit, and pretty tie, all the people could greet me, and I would be happy."

It is good not to be satisfied with your achievements, because it could be the reason to obtain new goals, but it is unhealthy to be dissatisfied all the time because it is the cause of envy and disillusion.

El Deportista y el Ejecutivo

Junto a un sitio recreacional, pasaba un ejecutivo en un hermoso carro. Al mirar hacia el parque, reparó en un deportista que trotaba rítmicamente, a la vez que pensaba en sus adentros:

-¡Qué Cómodo sería vestir ese traje deportivo en lugar de esta corbata. Corretear libremente por el parque, librándome de este vehículo, que solo me envuelve en nervios y preocupación!.

El deportista por su lado, miró al automóvil elegante y en él un hombre de terno planchado, camisa y corbata muy finas y pensó:

- ¡Qué suerte tiene esta gente, que viste con tanto lujo, que puede irse donde le provoque en este extraordinario transporte. Cuánto desearía estar como él!

Tener aspiraciones es algo formidable, porque eso nos invita a la superación; pero resulta enfermizo el estar siempre inconformes, sin hacer nada por alcanzar el progreso, envidiando a otros y solo quejándonos de nuestra propia condición.

The Corn

One day a teenager protested against his mother, "I am almost an adult. Why do you control me? Why do you question me about meetings, parties or friends? You need to know this: I AM NOT A CHILD ANY MORE!"

The patient mother took her son to the shelf, and showed him a fresh ear corn on the cob, the mom said, "My son, look at this corn on the cob, the leaves cover the corn with real care, but look how this horrible worm has entered to eat the corn." The mother took another container and said, "Look, my son at this hard corn. It is an old seed, but the moth has drilled some holes."

Like the corn, man needs to be careful, at any moment, and at any time. This is the time to make your own decision. Neither fathers nor teachers can take control of your life. With your decision, you can drive your life to success or to fatality. All it takes is a moment to ruin your life if you make the wrong decision. Eventually, the choice is yours to make.

El Maíz

Un joven recibía la negativa de sus padres, unas veces para mirar programas televisivos, otras para asistir a ciertas fiestas o diversiones.

Cansado y molesto le dijo a su madre:

- ¡Ya basta de prohibiciones, yo soy casi un hombre!

La madre pacientemente invitó al joven a la despensa y empezó a pelar un maíz tierno.

- Mira, hijo, - Le dijo - A pesar de la envoltura, tan bien realizada por la naturaleza, para cubrir estos tiernos granos, ¡Qué horrible gusano se ha metido para comérselo!

Luego tomando otro recipiente de mazorcas continuó.

- Estas mazorcas han madurado y no por ello están libres del mal, observa como el gorgojo se mete a comerse su corazón.

Por último cogió algún grano aparentemente sano y al mostrarlo concluyó:

- Este grano no ha sido atacado por peligro externo, pero ya tiene dañado su interior.

- Tú hijo mío, eres más valioso que un maíz, comprendes que jamás termina el peligro y nunca está por demás la protección.

Tabaco, sexo, drogas, violencia, enfermedades y delincuencia, podrían ser formas de peligros que atacan a los seres humanos a cualquier edad. ¡Estemos prevenidos!

The Apples

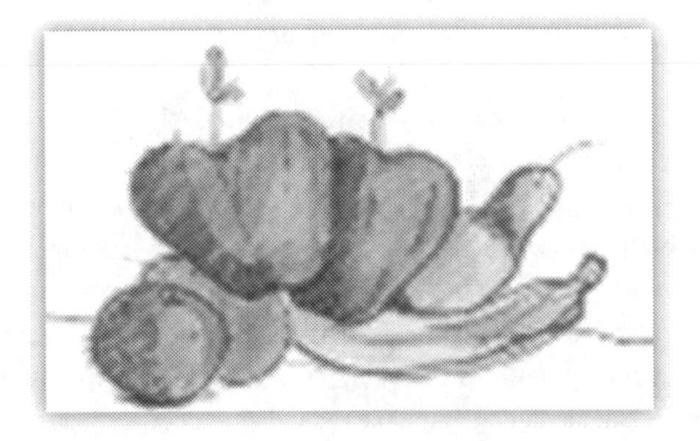

A certain day a girl was hungry and she looked in the kitchen for some food, but she didn't find anything. Finally, she looked at the stupendous apples on the table. She got up on a chair to take an apple, but when she touched the apple she was disappointed because it was porcelain.

Never be a porcelain friend you must be authentic.
In difficult situations you can recognize your real friends.

Las Manzanas

Cierto día unas apetitosas frutas adornaban una mesa, con solo verlas despertaban provocación.

Una pequeña niña, que sentía hambre, al pasar junto a la mesa, sintió el deseo de probar una manzana; mas al toparlas... Qué decepción ! Eran solo de porcelana.

Cuántas veces nos topamos con amigos de porcelana, que se exhiben en las bandejas, solo cuando estamos con dinero, cuando pueden sacarnos alguna ventaja; mas cuando los necesitamos, cuando la situación se vuelve crítica, nuestra salud difícil, y nuestros problemas los reclaman, se descubre con gran tristeza, que eran solo amigos de porcelana, que por dentro están vacíos, que parecen brillar por fuera, pero que no tienen corazón.

¡Atento! Que nadie mire en ti un amigo interesado con ánimo solo de abusarse de los demás.

The Chest

Two responsible spouses, who gave their whole lives to their sons, decided to give all their possessions to them. The entire family was happy with this property at first, but later, when the two old parents visited their sons, they looked at their father and mother with disdain.

The old people later went antique shopping, and they bought an old box. In this chest, they put stones and they secured it with old chains and padlocks. Then they hid this chest under their bed, and called their sons to come to an important meeting. When all of them were there, the old man pulled out the box and showed it to them saying,

-"We have some jewels and coins in this box. We are going to write our will, but this chest will be opened one day after our burial."

"Their sons changed their attitudes, and they started to treat their parents with courtesy and to pamper them because they were hoping to obtain more from that will.

One day after the burial, all the sons were together to open the chest. When they opened it, they read,

"Your inheritance for today is the most important: Never forget gratitude. Gratitude is more important than wealth."

El Cofre

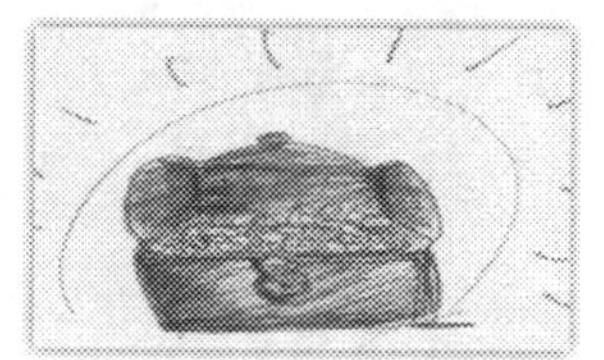

Una pareja de ancianos, movidos por un gran amor, entregaron la herencia a sus hijos, dotándolos de sendas casas y terrenos.

Al cabo de unos meses, todos se encontraban viviendo ya en sus propiedades y esos previsivos padres descubrieron, que no solo habían perdido sus bienes, sino también, el cariño de sus propios hijos, porque en todas partes parecían estorbar y eran tratados con desprecio.

Fueron los viejecitos a una tienda de antigüedades y compraron un cofre, lo llenaron de piedras de un río y lo aseguraron con viejos candados. Luego reunieron a sus hijos y les informaron, que tenían unas joyas en ese cofre, el cual debían repartirse, de acuerdo a un testamento, que estaban por escribir.

Los hijos cambiaron de actitud y cada cual, pretendía ser más amable, para ser favorecido de mejor forma en el testamento.

Ese cofre sin valores internos reflejaba bien a las personas, que sin valores en el alma pretenden solo aparentar.

A la muerte de sus padres, los ambiciosos hijos se reunieron a escuchar juntos el testamento:

"La herencia que hoy les dejamos, es más importante que la anterior: No olviden jamás la gratitud y nunca dejen que la ambición sea más fuerte que el amor."

A Clear Glass

In a luxury house a sliding door was made of clear glass. Its owner kept this glass very clean, but a lot of people hit their head or their nose against the glass because they could not see the glass and they frequently were injured.

The owner was thinking of a solution to solve this problem: finally she painted a big and wonderful rose on the glass.

Now everybody could see the door and they have not been injured by it.

If you consider your life, your soul or what you believe is a problem, then do not continue with the same attitude. Put a rose of dialogue and comprehension into your life.

El Vidrio Claro

En una casa lujosa las puertas eran enormes vidrios corredizos, pero los tenían tan inmaculados, que varias personas chocaban contra ellos y se hacían daño.

Cansada la dueña de este peligro, prefirió dibujar en ellos una flor, que resalta a la vista con alegres colores. Al llegar a la puerta ya nadie se golpea con ella, todos sabían ya por donde conducirse.

Nunca dejes que tu modo de ser, por más límpido que parezca, sea causa de tropiezo para los demás.

Hay padres, que queriendo mostrar el camino a sus hijos, están desconcertados, por no saber, el por qué ellos chocan con sus ideas o su modo de proceder.

Hay personas, que al ser tan espirituales, descuidan las necesidades materiales de los demás.

Cuando la aparente claridad de nuestros pensamientos, encuentra en quienes nos rodean continuos tropiezos, es hora de dejar que entre todos, surja un esclarecedor diálogo que nos ayude a encontrar las mejores metas.

Si las personas no pueden mirar a Dios, pinta tu vida con obras tan claras que nadie dude de que lo llevas contigo. Dibujemos en el vidrio de nuestras diferencias una flor de comprensión o la paloma de la paz.

The Bee

One evening a bee came in a student's room. The student thought, "Maybe this bee is lost" He was trying to help the bee to find other ways to get out, but the bee was very excited, flying around the lamp.

The student said, "Go to the flowers; go to the honeycomb." But the bee was flying amazingly around the lamp until died!

Blessed is the man who spends his time looking for science and lost his life by truth, or solving human problems. Blessed is the man who spends his time obtaining his goals. Blessed firefighters who go inside of flames, and police officers into danger; blessed are those who sacrifice themselves.

La Abeja

La noche, señora de las tinieblas, había llegado. El manto de la obscuridad, cubría el firmamento; por esto, en el cuarto de un estudiante una luz iluminaba sus libros y cuadernos.

De improviso, por una ventana abierta entró una abeja y fue directamente hacia el foco. Aleteaba en él, parecía gozar y querer penetrarse de su luz, no le importaba el calor que sentía, solo ambicionaba luz y más luz.

Felices los hombres que aspiran con ansia la claridad de la ciencia y la verdad. Felices los que siguen objetivos definidos y no temen luchar hasta alcanzarlos. Felices aquellos esforzados hombres, que olvidándose de sí mismos, se desgastan en el trabajo por el bien, aunque todos crean que sus ideales son locura y pasatiempo.

Benditos sean los bomberos que se meten entre las llamas porque buscan sobrevivientes.

Benditos los padres que olvidándose de sí mismos se sacrifican por ver a sus hijos crecer y estudiar.

The Enormous Airplane

The press, radio and TV were there waiting for the best reports. Many people were also there standing at a safe distance. Everyone was nervous, and they asked one another if the enormous airplane could fly.

The pilot turned on the motors, and the plane ran slowly up the runway. Everybody was excited and silent. The plane started to go faster and higher until it started flying. Later it came back successfully.

When a journalist asked the pilot why he had a lot of faith, he answered, "If the weight is big we need a stronger motor."

Do not worry about any problems, physical, economical, or emotional. If you have a big weight, your willpower will be stronger.

If destiny took your arms or your legs, do not let it also take your heart

El Enorme Avión

Técnicos de muchos lugares venían con incertidumbre y vacilación. Fotógrafos y reporteros con afán de novedad y sorpresa. ¿Podría un avión tan pesado levantarse por los aires e iniciar su vuelo?

Las medidas de seguridad estaban tomadas... La expectativa crecía, mientras el avión calentaba los motores y lentamente tomaba la pista. Suspiros, angustias y todo empezó.

El avión se deslizó velozmente por la pista. reinó el silencio, la respiración estaba detenida y ante el asombro de todos los presentes, el avión se elevó y tomó altura. Un suspiro de satisfacción y algunos aplausos acompañaron tan hermosa hazaña.

El Piloto dijo luego para la prensa:

- "Mientras más grande sea el peso, más fuerte deberá ser el motor!"

No temas hombre, cualquiera sea tu condición, que podrás elevarte y muy alto volar. Y si tu vida pasada, te parece un gran peso, dale más fuerza a tu voluntad.

Si el destino mutiló tus piernas o tus brazos, nunca le dejes que también mutile la fuerza de tu corazón.

I am Always Right

A boy believed that he was the most intelligent in his class; in consequence, he didn't believe in his partners because of his pride. His teacher worked a lot to change his mentality.

One day the teacher went with his students in front of a tree, and he said, "Everybody needs to write a sentence about the tree." They all wrote sentences and later the teacher read:

"Tree I admire your power."

"You are the protector of life."

"You are a cool shadow for walking people."

In this way he read every sentence and finally he concluded, "Listen, What wonderful sentences, Not one sentence says everything by itself, not one is the best, but together they are like a bouquet.

Read and listen to the thoughts of other people. Who listens less learns less.

If two people with machetes are standing face to face there will be blood and death, but if they pointed in the same direction, they could open paths. Join your ideas with my ideas and work together for a better world.

Yo Tengo la Razón

Un joven creía que siempre tenía la razón: en el deporte, todos debían aceptar su opinión; en religión, política o filosofía, estaba convencido, que su idea debía prevalecer.

Deseoso el profesor de corregir este defecto, sacó a sus discípulos para que observaran un árbol y dieran sobre él una sola alabanza.

Luego leyó:

- Árbol te admiro por tu grandeza.
- Árbol amigo de la vida.
- Eres el hogar de los pájaros.
- Bendita sombra del caminante...

Finalmente comentó:

- ¡Qué hermosas son estas frases! sin embargo, no hay ni una sola, que lo diga todo; en cambio, juntas forman una gran verdad.

Nadie puede sentirse el único depositario de la verdad. Oigamos siempre las opiniones ajenas, pues el que menos oye, menos aprende.

Dos machetes apuntados en contra producen sangre heridas o muertes, pero si apuntan en una misma dirección hacen trochas y crean nuevos caminos.

¡Hermano, junta tus ideas a las mías y trabajemos por un mundo mejor!

The Playful Cat

One day a hungry cat found a mouse, and it proceeded to play with the mouse. Sometimes he liberated it just for fun and then trapped over and over again.

Suddenly the wind blew and a small, brilliant ball came rolling and bouncing by. In one leap the cat jumped and trapped the ball, but at that moment the mouse scurried of its hands and he found safe refuge.

Sometimes men lose their true love by playing with lovers who are like dolls without souls.

El Gato y Su Presa

Un joven gatito jugueteaba cierta mañana con su presa, soltaba al ratoncito, lo atrapaba y repetía su juego una y otra vez.

De pronto, sopló el viento y arrastró consigo un papelito dorado. Al verlo el gatito juguetón, de un salto, tomó al papel entre sus garras, soltando al ratoncito, que aprovechó el momento y encontró un seguro refugio. En vano el gato intentó atraparlo y con nostalgia, debió aceptar, que había perdido su presa.

En la vida muchos descuidan sus verdaderos objetivos, por ilusiones pasajeras. Nunca te dediques a pasatiempos en temporada de exámenes. No permitas que la televisión, los juegos electrónicos te quiten el tiempo que puedes dedicarlo a seguir tus estudios profesionales.

Que no sean amores pasajeros, los que obstaculicen el continuar una carrera o perder el amor definitivo. Los amantes nos pueden deslumbrar, y estas ilusiones pasajeras destruyen hogares y la unidad familiar.

The Will

A father was going to remain absent for a long time. The love he felt for his children, prompted him with the necessity to be with them, and for this reason he advised them and left them warning letters. He entrusted to his sons and daughters all of his properties and wrote for them some laws. He thought that they could be happy with those ownerships if they could follow his law. A long time later the father came back and he looked at his sons and daughters and felt grief.

The goods were property to a few people. His will was used by some as a weapon to send other people to hell, and by others as a private treasure of salvation. Others had never read his will. Others could find in it reasons to attack or to defense.

Poor humanity, when will they understand that my principal message in the Bible is love and charity! When will the countries understand that their power and the power of knowledge need to be used against poverty, against sickness, against the world's hungry? When will they understand that I want to be with them forever in heaven?

El Testamento

Un amoroso padre, debía dejar solos a sus hijos mientras se ausentaba. Procuró que no les falte nunca ni comida ni bebida y como deseando partir sin alejarse, dejó a sus hijos un libro con sus consejos.

Todos los hijos procuraron adquirir una copia, unos leían pequeños fragmentos, otros movidos por la prisa y ocupaciones diarias, jamás leyeron una jota.

Pasaron raudos muchos años y al volver el padre encontró, que en su casa se habían formado grandes líos: los bienes estaban en manos de pocas personas, que acaparaban los alimentos, mientras unos carecían de lo necesario. Otros utilizaban el libro como arma de combate, como si el mensaje fuera espada o escudo de defensa.

Así ocurre con la Biblia, a pesar de ser un libro cargado de enseñanzas de amor. Hay quienes la utilizan para herir. Y hay hijos que nunca la leyeron.

No sé por qué los Cristianos nos ahogamos en detalles y descuidamos lo principal: la caridad.

The Turtledove and the Park

In a park in a big, congested city, a family was walking in the park, when suddenly a small young turtledove fell down from his nest. So the kids picked up the bird in their hands to protect him from the dogs. They fed this bird for days, and they trained the bird to fly. When the bird was ready, they tied a small strip of red ribbon on his foot, and the kids set him free at the same place he had been found. Now, when they walk through the park, they try to look at each turtledove for the small strip of red ribbon. The father knows that they did not lose a turtledove, but they are now the owner of all the turtledoves in the park.

Love animals' freedom and learn that captivity is only permitted in extreme situations. Maybe it is good to be the owner of one animal, but it is better to be the owner and protector of each free animal.

La Jaula y El Parque

Dos pequeños atraparon cierta mañana, una tórtola en el parque. Intentaron varias veces liberarla, pero sus alitas no se habían desarrollado lo suficiente y temiendo, que fueran víctima de los canes, la metieron en una jaula con mucho cuidado. Allí la alimentaron y cuidaron. El pájaro se veía siempre temeroso.

Pasaron pocos días y en ceremonia especial de la familia, liberaron al pajarito, con un hilo distintivo en su pata, y lo hicieron en el mismo sitio de donde lo tomaron. Voló el pájaro feliz a una rama de un árbol disfrutando de su libertad.

Hoy, cuando pasan los pequeños por el parque, en todas las tórtolas creen mirar el hilo distintivo. Los padres saben que perdieron un pájaro tímido de su jaula, pero ganaron todos los del parque.

Solo debe aceptarse el cautiverio de los animales en casos extremos. Cuida siempre de la vida silvestre, que una ciudad sin pájaros es como una fiesta sin música.

Hunting Hippopotamuses

One day two young African boys decided to hunt one hippopotamus, but the incredible challenge was hunting that animal without any weapons. However, they had great resolution, and courage.

Near the road there were two trees, one on each side of the road. And the boys were there waiting for the hippo because this animal crossed for this way to the river every day.

When the animal was crossing between the trees one of the boys whistled strongly. The ferocious hippo turned his head to the left, but immediately the second one whistled strongly from the other tree. The furious animal turned his head to the right. The story tell us that the boys repeated this process with precision, so that, the hippo fell down dead this way because his neck broke off.

Determination does not know impossible challenges. If working alone is hard, learn to work with your team.

Cazando Hipopótamos

(Esta historia la escuché de niño en una prédica)

Dos pequeños negritos del África sin armas, lanzas ni piedras, decidieron un día cazar un hipopótamo.

Entre burlas y carcajadas de ironía despidieron a los pequeños, ellos marcharon muy decididos en busca de su objetivo. Parecían sombras de los árboles, detrás de los cuales se escondían. Ocultos permanecieron mucho tiempo tras de esos troncos de los árboles, que estaban junto al camino por el que pasaban los animales a beber el agua.

Cuando el hipopótamo estaba pasando y lo tenían entre los dos árboles, silbó un pequeñín, para llamar la atención, el hipopótamo miró a su derecha. De inmediato silbó el segundo en el otro árbol y el hipopótamo miró a su izquierda. Repitieron tantas veces estos llamados, que se cuenta que el hipopótamo murió tronchado su enorme cuello.

No hay intento que no se logre, ni meta inalcanzable. La constancia todo lo puede; y la confianza en sí mismo, resulta siempre el arma más segura del éxito.

¿Tienes sueños? Lucha por ellos, aunque los otros no crean en ti.

The Busy Squirrel

A squirrel was poor and skinny and he didn't have time to pray, since all the time he was looking for food or looking for something that gives warmth to his house. If somebody said "it is time to pray" he was busy and worried. Things changed, and everywhere he found a lot of food, so the squirrel didn't have time to pray because he had to build bigger storage spaces to keep fruits and seeds. If somebody said "it is time to pray", he was busy and worried.

It happens also with some people, poor or rich, that they never find a time to talk with God. Sometimes they ask for help, but most of the time they never say thanks.

La Ardilla Ocupada

En época de angustia y desesperanza, cuando los ideales, parecían más desolados que campos en invierno, una ardilla estaba tan delgada y pobre, que no encontraba motivo para dar gracias a Dios y su mayor parte del tiempo lo desperdiciaba en quejarse.

¿Por qué no das gracias a Dios? Le preguntaban y ella contestaba:

- ¿ De qué puedo dar gracias? Si nada tengo.

Los tiempos cambiaron, los frutos ofrecieron néctar y la rubia cabellera del trigal hartura. La ardilla, no cesaba en su ajetreo y almacenaba las cosechas. Cuando su despensa estuvo llena, tampoco le quedaba tiempo, pues se había dedicado a ampliar mucho más la bodega para sus provisiones.

- ¿Por qué no das gracias a Dios? Le preguntaban y ella respondía:

- Ya lo haré, ya ven que ahora no tengo tiempo.

¡Pobre hombre! En épocas de pobreza se cree olvidado de Dios y en épocas de abundancia solo piensa en lujos y ostentación. Pobre del que jamás encuentra el tiempo propicio para dar gracias a su Creador.

The Missionary, the Barber, and the Goat

One day a missionary came into a barbershop and said, "Could you please cut my beard for the charity of God." The Barber looked at him with scorn and said, "Wait for your turn."

The barber attended to another customer first and finally when it was his turn, the missionary took a seat.

The barber wet his beard but he didn't use soap, and he started cutting it roughly. The missionary bore the pain quietly.

On the street, in front of the barbershop a goat started to moan.

"What is wrong with that goat?" said the angry barber.

The missionary answered, "Maybe somebody is cutting its beard for the charity of God."

If you do something for charity, don't do the minimum, do your best. Never humiliate people when you are helping them.

El Misionero, el Barbero y el Chivo

(Esta historia la oí de niño en una prédica)

Llegó un pobre misionero sin dinero a pedir ayuda a un barbero y preguntó:

- ¿Podría hacerme la barba por amor de Dios?

Con notoria mala gana el barbero respondió:

- Espere su turno.

Pasó su turno y atendió primero a dos clientes más, luego invitó al paciente misionero a sentarse y remojando sus barbas, pero sin utilizar jabón, empezó la tarea con cierta grosería.

De pronto, en las afueras del local, empezó a quejarse un chivo y no parecía haber nadie que pudiera callarlo.

Molesto el peluquero preguntó:

- ¿Qué será lo que le pasa al chivo?

A lo que el misionero respondió:

- De seguro a él también le están haciendo la barba por amor a Dios.

Si te piden un favor, hazlo con todo empeño. Si decides hacer el bien, hazlo bien y nunca ofendas a nadie al hacer una limosna.

The Secretary

One day some people were in a waiting room and a secretary called the people to be seen only on the basis of their appearance. The boss noticed that situation, and went with the secretary into the other room. There the boss showed his employee a picture of the universe, and he said "Look at this picture. The Sun appears to be the biggest one, but this one, that appears smaller, is really bigger than the Sun. In the same situation the appearance of the people doesn't say anything about their importance. So please, you need to treat every person with the same consideration.

Please, open your mind, and never receive people with prejudice. At any moment you could receive illumination from anyone: Blacks, Hispanics, rich men or poor men, kids or seniors, effeminates, Catholics or Muslims. All deserve the same respect. Blessed is the day when everybody can sit together without prejudices.

La Secretaria

A una lujosa oficina había llegado un grupo muy variado de personas: indiecitos de poncho, mujeres vestidas de pieles y hombres de muy distinta condición.

La secretaria no respetó el orden de llegada, sino que los envió donde su jefe de acuerdo con su apariencia en el vestir, creando malestar entre las personas presentes.

Cuando el jefe se dio cuenta, llamó aparte a su secretaria y mostrándole una lámina del universo, le habló así:

> En esta lámina el sol parece más grande, sin embargo, es una de las estrellas más pequeñas del firmamento; en cambio, éstas que apenas se divisan, son mucho mayores que el sol.

No hay que juzgar a las personas por su apariencia, porque quien menos aparenta, puede tener una luz mayor.

Saber exigir un orden ayuda a todos a respetar el derecho de los demás y a lograr que los otros puedan valorarte como persona.

Jamás pretendas utilizar tus influencias para lograr con prontitud lo que deseas, pues quizá con ello estarás pisoteando los derechos de los demás.

The Trash

One day a mother was cleaning her house. She was cleaning her son's closet. There she found trash and she put it in two bags. But at that exact moment her son came into the room and asked his mother, "Are you going to put my toys in the garbage?" The mother had to respect his idea of "toys". The imagination of kids is really admirable. A bottle cap could be a tire or a seat for dolls. A kid's simplicity could find a use for everything and consider simple things as treasures.

Blessed are the kids or simple people, who don't despise the poor. Jesus said "Whosoever therefore shall humble himself as this little child, the same is greatest in the kingdom of heaven."

It is because children are pure and they don't have any prejudices, and they forgive easily.

Blessed are the optimistic people who find joy and opportunities, even in the hardest moments of their lives.

La Basura

Una madre tomó cierta ocasión una funda con ánimo de sacar del baúl de su niño grandes cantidades de basura. Es fascinante observar todo lo que lo niños suelen guardar. y como en su imaginación, convierten lo más inútil en un precioso tesoro. Cuando estaba en la tarea, entró su hijo en el cuarto y al descubrir el propósito de su madre protestó:

- ¿Por qué pretendes botar mis juguetes?

Intentó en vano convencerlo, sobre la limpieza, pues para él, las tapas eran pequeños platos, las maderas asientos, y en todo encontraba un propósito y una utilidad.

Felices como estos niños serán los hombres, que al caminar por el mundo, aprendan a mirarlo por su lado positivo. Cristo nos pidió un día que seamos como los niños sin prejuicios, siempre abiertos a la amistad y al perdón.

Estemos en permanente alerta, para que no perdamos todas las enseñanzas que la gente sencilla puede darnos.

The Bike Competition

A boy was flippant, because he has won a lot of competitions, and he was enclosed in a jail of vanity. It seemed difficult to teach him about humility.

A man who had seen the competitions proposed another tournament, but with different rules. In this competition the boys have to switch bicycles. And he proposed that the boy who had won before take the bike with small tires.

When the new competition finished, the previous winner finished last, and the boy with the best bike was the new champion.

In our life, we did not start in the same condition. It is very difficult for some people to obtain a profession or wealth. Success to the under privileged is meritorious, some people who start in the best condition, when they fail, fail miserably.

It is easy to mock prostitutes, drunks, drug addicts or homosexuals, but it is best to be with them without prejudices and offer them our hand in friendship.

Do not humiliate people because you have more money, do not be flippant about your wisdom or about your riches. All those are treasures that you have received to enhance your service for others.

La Carrera de Bicicletas

Un muchacho se jactaba ante sus compañeros de ser siempre el más veloz. Inútiles eran los esfuerzos de sus compañeros por tratar de igualarlo y al final, él se encerraba en una cárcel de petulancia y orgullo fenomenal.

Un hombre, conocedor de lo sucedido, invitó a una nueva lid, pero con la condición, de que los niños corrieran con distinta bicicleta y dio a propósito, al reciente campeón, la bicicleta de llantas pequeñas. Cuando acabó la competencia, el que tenía la bicicleta de llantas más grandes, resultó ser el triunfador, en cambio el vencedor de siempre, con su bicicleta pequeña, llegó en último lugar.

En la vida todos luchamos, partiendo de diferente condición, será más meritorio el éxito, del que partió en situaciones adversas, y más criticable el fracaso, del que por pereza, no hizo fructificar los talentos dados por Dios.

Es fácil criticar o sentirnos superiores a los demás cuando no vivimos sus problemas: borrachos, prostitutas, drogados, afeminados o más, nos parecen personas sin valores; pero solo podremos levantarlos, cuando a su lado y sin prejuicios les extendamos nuestra mano de amigos.

Bread

While many people in other houses don't have basic food, a father had some problems with his kids because they squander a lot food in his house.

Christmas was around the corner, so the father considered it a good moment for planning a good Christmas celebration, and he with his kids' help, organized a supper, but it would be special because all the poor people had been invited.

They prepared a big table, it was full of poor people. The father and his kids served as waiters. At the beginning the poor people were distrustful, later they ate more, but they started to hide the food under their dresses, and the host pretended not to see. And as good waiters, they refilled the serving dishes. And again the food disappear. The poor people were saving food for the next day.

This experience was felt really deeply in that family. Now they never squander food, because they know that many people are in need.

To squander food is a crime against humanity. If you give something to poor people, God gives blesses you, and really you receive more than you give.

El Pan

Mientras tantos pobres en el mundo sufren por el alimento diario, unos padres previsivos tenían problemas, ya que sus hijos desperdiciaban los alimentos y los botaban.

Llegada la Navidad la madre decidió con apoyo de su familia, invitar a los pobres y mendigos del barrio a una comida pascual. Sus propios hijos adornaron la mesa, poniendo en ella bandejas de pan y otros alimentos.

Al principio, los pobres estuvieron temerosos y prudentes, mas luego, todas las bandejas quedaron vacías, se las llenaba y nuevamente se volvían a vaciar: todos a escondidas llevaban provisiones para los días venideros, en que sabían que ya no tendrían estos alimentos.

Desde aquel día en casa de la familia ya no se miró desperdiciar la comida; porque el impacto que les dejó el recuerdo de los pobres en su casa les hizo valorar lo que antes despreciaban.

Hace falta descubrir el sufrimiento compartiendo un momento con el que sufre. Solo así podremos entenderlo.

El que da en la vida, no se queda sin recibir. A veces damos dones materiales y recibimos a cambio regalos mayores en nuestro espíritu.

The Clock

One day a teacher orders his pupils, "please look at the clock and listen to it, and then everybody should write, what is the message that the clock is trying to teach"

The silence was total; only the clock could be heard shoutig its tick tack.

When the teacher picked up this assignment, everybody had written a different message:

LIVE LIVE
LOVE LOVE
ONE MORE ONE MORE
DO IT DO IT

The creativity in each man is as different as fingerprints. Time is like a new sheet. Everyone is able to draw, to write a poem or to wad it up, to stain or to squander it.

We should seek in each moment of our life. Time is the unique gift that never more comes back to our hands. We need to profit from each moment.

El Reloj

Un profesor cierto día, invitó a sus alumnos a que observaran y escucharan al reloj: Tic Tac, Tic Tac. Y pidió que cada uno interpretara ese sonido con algún mensaje para sus vidas. Reinó en el ambiente un profundo silencio, y solo el olvidado reloj, parecía levantar su voz para que todos lo oyeran.

Cuando recogió y comparó los trabajos, se llenó de profundo asombro, pues no había un solo trabajo repetido; ya que cada estudiante, había interpretado ese sonar con distinto mensaje:

VIVE VIVE.
AMA AMA.
ESTA VEZ ESTA VEZ.
TRIUNFA TRIUNFA.
UNO MAS UNO MAS...

No solamente la huella digital es diferente en cada hombre, sino también el horizonte, que se abre a cada inteligencia.

El tiempo es como una página en blanco, que se nos brinda para ser escrita día por día. Cada uno llena esas páginas con mensajes de eternidad, con dones provechosos para los demás, o bien, las raya, las mancha, las llena de mensajes insultantes, que hieren más que dardos encendidos, o sencillamente las desperdicia.

The Rabbit

On my grandma's patio we could see some rabbits. One day we were looking at a white rabbit, her white fur was as white as snow. She was really pretty, but another day her fur wasn't white. She had started to dig a hole. My grandma said "she's pregnant." In that time she pulled out her white fur, because with it she made a warm refuge for her young rabbits.

Mothers are marvelous living creatures, they are a gift of God. They forget themselves to think about their kids.

The earth is full of treasures, but no one is better than the mothers' heart.

La Coneja y su Madriguera

Unos preciosos conejos blancos jugaban todos los días entre la hierba y eran la admiración de todos por sus ocurridos saltos y la pulcritud de su lana. Pero un día una conejita apareció sin su normal traje de blancura, las patitas estaban sucias, pues ella estaba interesada solo de raspar el piso, para hacerse un nido mejor y más seguro. Fue perdiendo su lana, pues sin preocuparse de su aspecto, se sacaba su blanca lana en grandes cantidades, para abrigar con ella su madriguera y a sus futuras crías.

Son las madres seres extraordinarios, el mejor invento de Dios. Cuántas veces, olvidándose de sí mismas, solo piensan en sus hijos y son capaces de darse enteras con tal de verlos surgir. Aprende a mirarlas y comprenderás lo que es el amor de verdad. La madre es un verdadero libro abierto en el que todos encontraremos una verdadera cátedra del amor.

Si no sabes para qué vives mira a tu madre y encontrarás una respuesta.

No digas nunca: "mi madre está muerta" porque ella siempre estará a tu lado.

The Flies

In a pot the greasy water shined like a fabulous treasure. A fly, who was flying around saw some flies in the attractive water, and it thought, if they chose this place, it means that, it is a good place, and flew and went directly into the water and died in that water.

Many guys fall into drugs, alcohol, tobacco or other problems, they have the excuse that everybody is using them, or they say, "I did it just to taste a new experience."

It is not good to do things just because everybody is doing them, it is better that the young people choose their actions with solid foundations.

Las Moscas

El agua grasosa de una olla brillaba con los reflejos de la luz, simulando ser un dorado y atractivo tesoro. En ella habían caído atrapadas varias moscas. Una que volaba por los aires, al verlas dijo para sus adentros:

-Si todas han ido allí, es sin duda, porque es un alimento delicioso. Y emprendió veloz vuelo, cayendo de cabeza, entre las sucias aguas en donde encontró la muerte.

Muchos jóvenes sucumben en el mundo de la droga o el alcoholismo, teniendo como su única disculpa, el pensar que todos lo hacen. Que mis amigos me dijeron, que yo también quería probarlo.

Juzga y escoge tu modo de actuar, basado en las normas del bien, y aprende, que no siempre resulta bueno, todo lo que se mira hacer a los demás.

Que no sean otros inexpertos los que te digan qué hacer, que no sea tu juventud, tu novelería o la moda la que te hagan caer en un abismo, porque cuando estés en él, nadie sino solo tú sufrirá las consecuencias.

The Mirrors

. One day a lady teacher, walking through the playground, found a little girl who was sad and crying.

"What happened?" the teacher asked. "I am ugly," said the girl. "Why do you say that?" the teacher asked. "All my classmates tell me that." The teacher said: "O.K. Come with me!"

They went together to a special room in which there were some mirrors, but the mirrors distorted the images so everybody would smile when they look at their images in them.

-"Am I as ugly as I look in these mirrors?" The teacher asked.

-"No, you are nice." answered the girl. -"And you too!

Never listen to what the people say because they are like these mirrors, that can change your image. If you listen to the people, you will never be a happy or successful person.

Accept yourself like you are with all of your virtues and defects, and then you need to believe in yourself; it will be your power.

Los Espejos

Cierto día una niña se encontraba llorosa y preocupada. Su maestra se acercó a preguntarle el motivo de sus lágrimas.

- Soy mala y muy fea, dijo la niña.

La maestra tomó a la niña de las manos, a la par que le preguntó:

- Pero pequeña ¿Por qué dices tales cosas?

- Mis compañeras así lo comentan respondió.

La maestra sin tardanza, llevó a la afligida alumna frente a unos espejos especiales: cualquiera que en ellos se miraba, no dejaba de sonreír, al ver su imagen deformada.

- Observa y dime niña ¿Soy yo como aparezco en estos espejos?

- No maestra - Replicó la niña - Ud. es muy hermosa.

- Y tú también, insistió la maestra, mas en la vida te toparás con frecuencia con críticas y objeciones de tu modo de ser y de actuar. Si tomas la costumbre de escuchar lo que otros dicen de ti, jamás serás feliz y el qué dirán será una carga permanente en tu trabajo y en tu vida.

Sí, las críticas de los demás no son más que imágenes deformadas. Seamos fuertes ante el qué dirán, reforcemos la fe en nosotros mismos, aceptémonos como somos y entonces podremos aceptar a los demás, como son y no como quisiéramos que sean. Reconozcamos muestras limitaciones y nuestros valores.

The Toasted Corn

In some regions, such as Latin America, corn is toasted like popcorn. First, they dry the corn using the sun for many hours. Then, they put the corn in a large container and stir the seeds. The corn moves like an Indian dance, then changes to a brown color, and pops like fireworks; the kernels explode and jump. The more appetizing corn is open kernels which can be noticed by their fragrance.

Success is not the result of improvisation; it is the culmination of hard work and study. Similar to corn stirring about, students explode and jump on their graduation day. Also like corn, their minds are better open to the solution of new challenges and open to service.

Life's goal is to serve, and to be prepared to serve.

El Maíz Tostado

El selecto maíz que se pasó los días secándose en los patios con la cara al sol, hoy ha sido puesto en una paila. Allí danza al tostarse, como en fiesta de pueblo dando mil vueltas. Empieza el calor, la algarabía y se deja oír la volatería de unos maíces que revientan y se elevan por los aires. Algunos saltan de la paila para jamás ser recogidos. El ambiente se llena de aroma y se enteran los vecinos del apetitoso plato. Al final los granos están deliciosos, pero lo están mucho más, aquellos que al partirse, permitieron que la sal se les adentre.

En la vida de los hombres, los éxitos no se improvisan, dependen de secarse en largas horas de estudio, de partirse en el trabajo y la responsabilidad. Todo esto adquiere sentido, si al final sabemos brindarnos.

Nuestras vidas son como el maíz tostado, si abrimos nuestro corazón a Dios, El se nos adentra y da un sabor diferente a nuestra existencia.

Todo alimento adquiere su importancia, no cuando se exhibe en bandejas detrás de unos vitrales, sino cuando nos deleitan con su sabor. En la vida de los hombres es igual, nuestra importancia como seres humanos no radica en obtener títulos, en tener mucha fe o grandes riquezas, sino en sabernos brindar a los demás, haciéndoles que ellos puedan compartir todo aquello que nos dieron los estudios, la fe y el trabajo.

The Clothes'Color

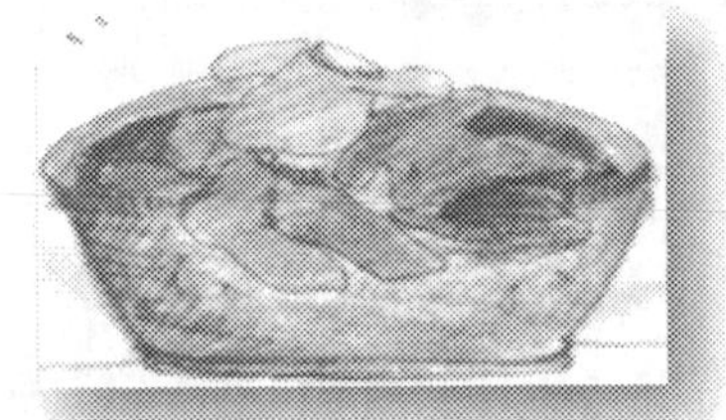

Like pearls playing in a big container everybody could see some foam in the washing machine. But a mother looked with worry into the washing machine, and saw red clothes mixed with the linen. The mom asked her son, "Why did you put red clothes and linen together? You Know that the red clothes could damage the linen." "Sorry" said the child, "I did that because I need to Know how much white color could attach to the red color." The mother with much patience said, "Look at the white clothes, they have red spots now, but the red clothes don't have any white spots."

It also happens in our life that it is easier for evil to attach to our spirit than for good to attach to it. Avoid places or people than could drive your life into evil.

La Ropa de Color

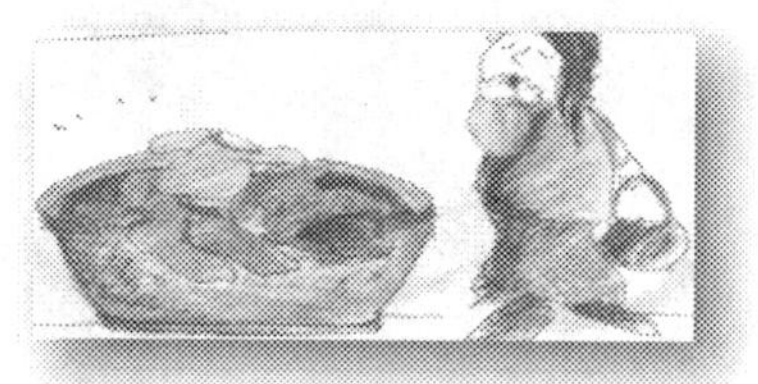

Como un cofre desbordándose de perlas o como encajes reales de indecible hermosura, se veía en una tina jabonosa la ropa blanca.

La madre notó algo raro y al darse cuenta del autor de lo ocurrido, llamó a su pequeño hijo, para que observara, como la ropa blanca traía manchas rojizas!

Con cariño le preguntó:

- ¿ Por qué mezclaste esta ropa con la blanca, si te advertí que salía el color?

- Madre... Dijo el niño arrepentido y triste - Solo quería saber, si en la ropa de color, quedaban manchas blanquecinas.

-¡Oh hijo querido! Ya descubrirás en la vida, como el lenguaje grosero, los vicios y placeres, pronto se pegan en las almas blancas y qué difícil es, que las virtudes, impacten en quienes se han iniciado en el mal.

Todos somos un poco débiles para combatir al mal, no hagamos alarde de virtud, tomemos precauciones y no sobre valoremos nuestra firmeza.

Muchos policías han terminado siendo delincuentes, sacerdotes o pastores siendo pecadores. La humildad y la oración serán grandes ayudas, porque todos podemos ser santos o pecadores héroes o villanos. ¡Reforcemos siempre nuestra voluntad!

The Smoothie

Because her son was playing on the patio with high temperatures, his mother brought him a smoothie. The boy just tasted it but could not drink the smoothie. Two hours later, he remembered he had a drink, but it was dark and had some mosquitoes in it, so he threw it away.

Similar, guidance counselors should never be late. Our world brings problems like drugs, alcohol, movies and cell phones.

If you have a friend with a problem, take action. Also bring flowers to your fathers, hug and kiss now and, not later when they die. Say thanks now not just at thanksgiving.

In some regions, such as Latin America, corn is toasted like popcorn. First, they dry the corn using the sun for many hours. Then, they put the corn in a large container and stir the seeds. The corn moves like an Indian dance, then changes to a brown color, and pops like fireworks; the kernels explode and jump. The more appetizing corn is open kernels which can be noticed by their fragrance.

Success is not the result of improvisation; it is the culmination of hard work and study. Similar to corn stirring about, students explode and jump on their graduation day. Also like corn, their minds are better open to the solution of new challenges and open to service.

Life's goal is to serve, and to be prepared to serve.

La Horchata

En una fiesta popular, unos campesinos brindaron a sus invitados un poco de horchata, que todos disfrutaron con gran placer y alabaron su agradable sabor. Pero un niño guardó su vaso, con gran precaución, para beberlo algo más tarde.

Al cabo de tres horas, tomó el vaso entre sus manos y cuando pretendió saborearlo, el fermento era tan fuerte, que ya no lo quiso probar.

Nunca desaproveches el momento de dar un consejo a un niño, que al pasar el tiempo, puede resultar tardío y tal vez, ya no te escuche.

Los padres y educadores no podemos dormirnos sobre los laureles, pensando que el ejemplo o las enseñanzas que dimos a los pequeños fueron las mejores; porque el ambiente en el que vivimos, las amistades, la radio, la televisión, los celulares, los mensajes de texto, las películas y más, serán a veces un nocivo fermento en el alma de los niños y jóvenes.

No seas indeciso, toma tus compromisos oportunamente, involúcrate en el mundo de tus hijos y entonces podrás brindarles tu ayuda como lo requieren los tiempos actuales.

The Chicken Coop and the Children

In a chicken coop one day some kids were making fun of the chicken, because they did not stand outside the trough to eat, they were trying to put their legs into the container to scrape and they were squandering the food everywhere. The boys said "You have a foolish chicken-head. Why don't you eat from this container? Why do you squander everything?

One of the chickens said "Do we have a chicken-head because we squander the food? How about the humans? They could find God if only they would look at nature. With only a quick glance, they could find the principal message of the Gospel, "love the others like God loves us", but they turn everything around. They are scatter-brained. Have they also a chicken- head?

Don't squander opportunities, don't squander your health, never reject any wise counsel.

Los Niños en el Gallinero

Un grupo de niños observaban entre risas, carcajadas y gran alegría el comportamiento torpe de los pollos, que en lugar de comer con tranquilidad en su comedero, metían en ellos sus patas para raspar y todo esparcían por los contornos, logrando un desperdicio fenomenal.

Los niños comentaban: ¿ por qué tienen que raspar, por qué desperdiciar tanto, si con solo meter su pico en las bandejas tendrían alimento suficiente?

Ser bueno resulta muchas veces más fácil que ser malo, sin embargo nos damos los modos de complicarnos con malas acciones: engaños que nos obligan a nuevas mentiras.

A ciertos niños sus padres les ofrecen todo en bandejas de oro. Adolescentes y jóvenes despilfarran su energía en fiestas, alcoholismo y drogadicción, olvidándose de lo más importante que es el estudio y la superación espiritual.

Los niños mimados que todo tienen con solo pedirlo, se hacen grandes problemas por pequeñeces. Se sienten indefensos o poco preparados, y a veces desperdician las ventajas que les da la vida.

No tengamos mentalidad de pollos, aprovechemos las oportunidades que tenemos.

The Hammer Toy

One day a girl was crying because she had a small injury to her hands. With amazement she asked her father,

-"Dad, why do I have this injury to my hands? I was only playing, I was only playing with my toy hammer."

The father answered her,

-"The toy hammer can injure your hands and you need to consider some toys with caution."

In this day and time young people consider love a game and play it on the Internet in many relationships, but also these games can bring to their lives dangerous injuries.

Using alcohol, drugs or tobacco can make you sick or even bring death. Having sex, like a game, is irresponsible and can result in unwanted pregnancy.

El Martillo de Juguete

Gritos y lamentos interrumpieron la paz de un hogar cierta tarde. Pocas gotas de sangre se veían en las manos de una niña, mientras ella se lamentaba, sus padres curaban sus dolencias.

- Padre, dijo la niña, - ¿ Por qué tengo una herida, si jugaba con un martillo de juguete?

El Padre la miró con ternura y respondió:

- Hija mía, también los martillos de juguete, pueden hacer heridas verdaderas.

Así en la vida, muchos jóvenes juegan con amores falsos y novios de juguetes, sin darse cuenta, que pueden dejar en sus vidas heridas verdaderas.

Las heridas del cuerpo se curan fácilmente, las heridas del espíritu, a veces, jamás se cicatrizan.

El internet no es un juguete para dar rienda suelta a la fantasía, No hieras a otros con tus mensajes o fotos y no te dejes herir por ellos.

The King and the Wise Cook

There was a king who had a wise and experienced cook. One day the king called his cook and said, "In a few days the most important and richest people of this country are going to be here for a big party. I want this celebration to be the best, and I want everybody to remember this event forever". The cook accepted that challenge.

On the day of the party, when the wealthy people took a seat, they found different types of food on the tables: a great variety of meats, fish, fruits, and cakes. The king ordered everyone to sit. He was about to speak, but at that instant the cook rang a small bell and said, "by order of our generous king, all this food will be distributed to the sick and poor people in this town." At this moment several servants took away all the food, but they left bread and water on the table.

(Next page)

El Rey y el Cocinero Sabio

Un rey tenía un sabio cocinero. Cierto día lo llamó y le dijo: "Quiero realizar un banquete tal que mis invitados puedan hablar de mi generosidad y puedan alabarlo hasta el fin de sus días. Aceptó el cocinero su cometido, de modo que dirigió todos los preparativos para la cocina y la decoración del gran salón de reuniones.

A la hora exacta de la reunión, no faltaba detalle: Hermosos cortinajes y sobre las enormes mesas: carnes, frutas, ensaladas pasteles y licores. Pero nadie de los invitados probaba nada, porque aún el rey no hacía su ingreso. Sonaron los clarines y todos puestos de pie, dieron la bienvenida al rey. Cuando el rey estuvo en su asiento iba a tomar la palabra; pero sonó una ligera campanilla, era el sabio cocinero, que saludó a los presentes y dijo:

-Por orden de nuestro sabio y generoso rey todos estos alimentos serán donados a los enfermos de los hospitales y a los pobres del pueblo.

A penas dijo esto, numerosos y entrenados sirvientes dejaron las mesas vacías dejando solo en ellas el agua y las bandejas de pan.

(Continúa)

The King and the Wise Cook

The King was dumb with astonishment. And so were the guests.

An important man rose and began to applaud loudly, and then one more and another, until, they all got up and applauded the King for long time. At this moment, the man said, "We will never forget your generous gesture. Today you show us your intelligence, you teach us about your generosity. It is good that today, our fantastic banquet will be distributed among the poor people, who oftentimes, eat only bread and water. I hope that today we can show happiness as the poor people show at their parties."

At that event the friendship, the music and the dancing changed the celebration into something pleasant. Nobody forgot this special moment in their lives and the King's fame was praised.

The King learned that charity is more important than pride.

People sometimes try to obtain fame with their clothing or their money, but they forget that those things do not motivate like the noble feelings do.

El Rey y el Cocinero Sabio

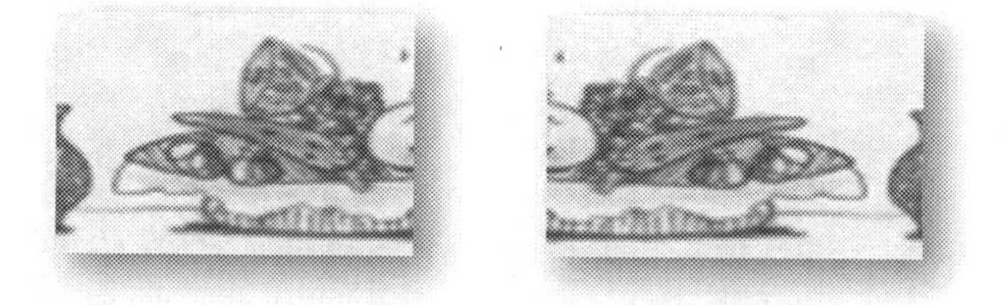

El rey enmudeció no creía lo que miraban sus ojos. En medio de ese silencio, se paró un invitado y empezó un fuerte aplauso, y luego otro y otro más, hasta que toda la sala produjo un sonoro aplauso, al terminar la ovación, aquel invitado dijo: Hoy sabemos que eres un rey sabio y generoso, has enviado esos alimentos a quienes con su trabajo nos han dado prosperidad y has dejado para nosotros el alimento que ellos muchas veces consumen. Qué bueno nos caerá este cambio! Y quizás venga también con la alegría que suelen tener los pobres en sus fiestas.

Todos los invitados dejaron sus poses de grandeza y pasaron momentos llenos de alegría. El recuerdo de ese día y la generosidad del rey se grabaron para siempre en su memoria.

El rey comprendió que la ostentación se vuelve efímera y que la caridad jamás se olvida. Lo externo pronto desaparece, las buenas acciones perduran.

The Custodian

One day after a big party a custodian received an order to sweep the playground because it was too dirty. The man started cleaning, but when he swept, the wind blew and brought back all the trash. When he started again, the wind blew and brought back the trash once more. So he was thinking, and he started again, but this time he swept in the same direction as the wind, and the wind looked like it was a good helper.

When teaching is difficult, parents and teachers need to understand, they should join in activities with young people to better direct all their energies to success.

The failure without correction is only wasteful energy. If anybody could used this energy the result could be progress and happiness.

El Barrendero

Un extenso patio, había quedado muy sucio luego de un festejo popular y un barrendero intentaba limpiarlo, pero como si estuviera jugando en su contra, el viento se volvía a llevar la basura, haciendo vano su esfuerzo. Una y otra vez intentaba y con más fuerza el viento lo ensuciaba de nuevo.

Cansado se sentó un momento y se puso a pensar, finalmente, creyó que había dado con la solución:

Empezó la tarea, pero barriendo con la misma dirección del viento.

El resultado fue fantástico, ya que a cada escobazo que daba, el viento parecía ayudar.

Pronto el local tomó su acostumbrado aspecto de limpieza.

Ciertos padres, maestros y amigos creen tener la razón y pretenden hacer el bien llevando la contraria; cuando por este ejemplo se aprende, que conviene potenciar para el bien la fuerza y decisión de la niñez y juventud.

La crítica parece un viento recio que nos viene en contra, pero bien utilizada puede ser causa de nuestra superación. Si los otros te ayudan diciéndote los defectos, aprovéchate de su gran observación y dedícate a la tarea de superarte.

The Papaya and the Star

In a tropical field there were delicious papayas. One papaya used to look at the sky every night to contemplate the stars. She dreamed of flying through the sky and kissing a star.

One night a star flew from the sky and kissed the papaya.

She told her friends, but they didn't believe her story and they laughed at her.

A few days later the farmer cut some papayas and looked in amazement at how a star had formed inside the papaya.

Dream, as high as you can dream. Try to live what you feel in your heart. It will plant like a seed and grow as big as your star.

La Papaya y la Estrella

Una pequeña papaya, en lugar de dormir por las noches, desde las primeras horas de la tarde, se quedaba contemplando las estrellas que como luciérnagas alumbraban el firmamento.

Cierta noche contó a sus compañeras, que tenía un gran sueño, poder subir al cielo para tomar con sus brazos una estrella.

-Calla. - Le dijo una compañera con desprecio.

- Si quieres ir al cielo, pronto te caerás y te veremos partida en el suelo ja, ja.

Pero la papaya no perdió por eso su fe y soñaba poder alcanzar una estrella.

Una noche, cierta estrella, que conoció de los sueños de tan noble fruta, descendió como una centella hasta la tierra y pasando junto a ella la besó.

Desde entonces quienes consumen de aquel árbol, saben, que no solo es una fruta refrescante, sino que encuentran que en su interior, tiene forma de una estrella.

¡Trázate grandes ideales y llegarás muy alto!

The Wagon and the Dust

A wagon pulled by wonderful horses ran on a narrow road. The galloping sounded like castanet music. The inclined trees greeted the wagon with green handkerchiefs; however, gradually more and more dust arose behind the wagon. It looked like a threatening giant! Now people looked at the dust with fear. The wagon stopped, and immediately the dust disappeared. Where is the monster power? Where is its threat?

This is like false power when it is only covered by illusions. Never try to grow supported only by your friends' or brothers' fame.

If you follow great leaders, look at yourself to discover whether or not your dreams are dirtying your soul.

La Carreta y el Polvo

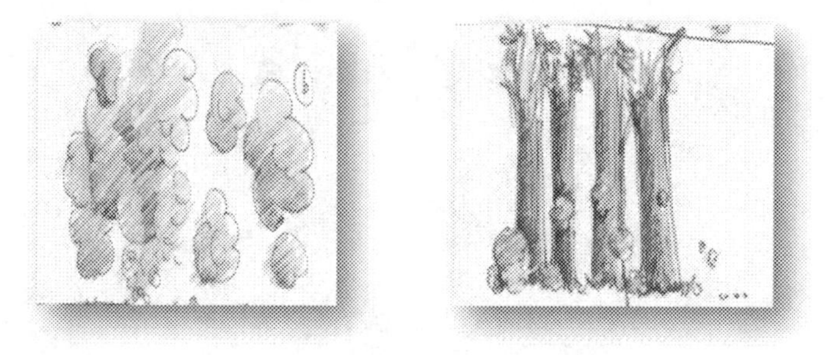

Por un camino se miraba venir una carreta, los árboles con sus mil pañuelos verdes la saludaban con el viento. Un manto de polvo parecía levantarse amenazante tras de la carreta y era como un fantasma elevándose muy alto e inflándose de orgullo. Todos temblaban al paso del enorme monstruo, que se sentía el más grande, ya que con solo topar cualquiera de las cosas las dejaba llenas de un manto repugnante de suciedad.

La carreta se detuvo y el polvo se fue asentando poco a poco.

¿ Dónde está ese gigante? Se preguntaban los árboles; pero esta vez el polvo yacía en el suelo.

Así muchos hombres se elevan prontamente, mas no basados en sus propias cualidades, sino en la fama de amigos y parientes, pero terminan en el suelo, cuando ellos fracasan o se alejan.

Si alguien te brindó un apoyo inicial para surgir, úsalo como un trampolín para saltar más alto, no como muletas sobre las que tengas que arrastrarte.

The Clouds

One day some kids were looking up at the sky. They were amazed at the configuration of the clouds. With great imagination they said, "It looks like an elephant," "This one looks like an angel," "That one looks like a rose."

All the clouds were full of pleasure because the kids were amazed. For this reason, the clouds piled up and they covered the sun. They brought darkness; they started to be dangerous and they started raining and thundering.

The kids were frightened looking for any refuge.

Undeserved praise is not good in education because it will bring big problems to society.

Praise and correction are the two sisters of education.

Las Nubes

Una tarde las nubes del cielo radiantes y hermosas quisieron atraer con su hermosura a un grupo de niños, ellas lucían sus encantos y los niños no las dejaban de mirar. El sol producía en sus blancos ropajes colores dorados y tonos de gran encanto.

- Parece una espada.- Decía un niño.
- Esta semeja una flor.
- Aquella parece copos de algodón...

Tanto se agolpaban las nubes por ser aplaudidas, que taparon al sol, se volvieron sombrías y finalmente se desencadenaron en lluvia torrencial y con truenos y rayos asustaron a los niños, que huyeron a sus casas en busca de refugio.

El sol era el escondido elemento que daba hermosura a las nubes, de modo que, si hoy has logrado éxitos, tras de ellos estarán tus padres y tus maestros a los que debes agradecer.

Por otro lado mira como el mimo y la lisonja degeneran pronto en tormenta y pesar. Si creas niños mimados tormentas te aguardan.

The Two Oranges

Two pretty flowers appeared changed into small fruits, they looked like brilliant emeralds taking each other's hands. They were growing together, but one day one of the oranges decided to drink all of the sap, and that orange did not permit the other orange to drink enough sap; so the first one grew bigger and wonderful, but the other one remained small.

When the harvest was ready, the farmers took the first one for decoration in the dining room, and the second one they stored in a basket for the morning juice.

Some days later the two oranges were together in the trash. The bigger one was still whole, but felt rotten and bitter because it had never served. The second one was there divided and empty, but happy because it had served totally.

At the end of our lives we are going to discover that it is more important have lived a useful life than a decorative life. God will punish the greedy people and reward the people who give themselves.

Las Dos Naranjas

Dos hermosas flores de un naranjal amanecieron convertidas en pequeños frutos verdes, esmeraldas esmaltadas de purpúreo rocío. Diríase que eran dos hermanas tomadas de sus manos. Pero cierto día, una de ellas amaneció arrogante y decidió beberse toda la savia que enviaban las raíces; apenas si su compañera podía alimentarse de contados sorbos.

La naranja glotona creció con rapidez y al tomar cuerpo se volvió muy hermosa, orgullo del naranjal. En vano la tímida naranja vecina se esforzaba por adquirir un poco de alimento para crecer, pues la orgullosa naranja ya no escuchaba esos ruegos y solo se preocupaba de embellecer.

Al llegar la cosecha, el feliz campesino colocó tan hermosa naranja para la decoración de la mesa, la segunda en cambio fue a parar con otras a la despensa, para algún jugo matinal.

Días después, nuevamente juntas, aquellas naranjas estaban en el basural. La pequeña deshecha, después de dar todo de sí, se sentía feliz de haber cumplido con su misión. La segunda, en cambio, entera y putrefacta, tenía en su cuerpo la amargura de haberse podrido sin servir.

Servir a la sociedad será siempre más importante que solamente figurar. Si algún día te eligen para un alto cargo recuerda este consejo.

The Irrational One

In today's newspaper, there is violence, drugs and World conflicts happening everywhere. A nurse recalled the words of a dying pilot in the jungle. I would like to offer you this story, because I believe it brings a "call for Peace." You may think that what I present to you is a fantasy; but nonetheless, I render it unto you.

As the story unfolds...

"In my surroundings, I see big leaves, ants, mushrooms, enormous ferns; I hear the whistle of birds, the roaring tigers and bears... Oh! My eyes see through a haze, just like a dream. Yes, maybe it was a dream, or perhaps a harsh reality? I felt like prey surrounded by many animals, as if it were the last judgment of creation, or perhaps a judgment of my conscience.

El Falso Racional

El diario de este día nos trae nuevamente anuncios de guerras, violencia y drogas.

Mil veces intenté ofrecerles la versión más exacta de lo que a hurtadillas lograra una enfermera, luego de rescatara un piloto en la selva. Sé que lo hago porque me parece el mejor llamado a la paz. Dirán que lo presentado es solo un delirio, un cuento, pero aquí les entrego. La historia comienza así:

"En mi contorno hojas, grandes hojas, hormigas, hongos, enormes helechos, silbidos de pájaros, bramidos... oh! Los ojos no me permitían ver con mucha claridad... Luego ¿Un sueño? Tal vez un sueño... o quizá ¡Una cruda verdad!

Yo como presa en el centro de muchos animales, como si fuera un juicio ante la creación o quizá ante mi conciencia.

The Irrational One

Continuation

Amongst the animals, were a lion, a tiger, a panther, a gorilla, an elephant, a wolf and more, many more. Their eyes looked at me with hate, and I looked at them with fear. They were speaking among themselves, and all of the sudden their language became comprehendible to my ears. The lion was the first to speak, after imposing his enormous roar: "Allow me to destroy this man with my claws because humans are the most savage of all species; they are the ones responsible for all the damage caused to living things on earth."

The elephant, moving his giant trunk spoke at the same time with an extremely deep tone:

"Perhaps it would be better to embalm his body, so when all of us see it, it would bring us fear and awareness of what evil and ignorance can do."

"Ignorance?" The gorilla yelled out with amazement while beating his chest: "That's impossible; it is known that he is an extremely intelligent being, capable of creating flying machines, intelligent computers, and devices that can do just about everything."

El Falso Racional

Continuacion.

Allí estaban: un león, un tigre, una pantera, Un gorila, un elefante, un lobo y más, muchos más. Todos sus ojos me miraban con odio y yo con mucho temor. Su lenguaje se volvió de pronto comprensible.

Tomó la palabra el león y luego de imponerse con su rugido dijo:

-Permítanme que yo lo destroce con mis garras, porque el humano es la especie más salvaje, la que más daño ha causado a todos los vivientes del planeta.

El elefante movió su larga nariz a la vez que decía con fuerza:

-Sería bueno tal vez, embalsamar su cadáver, para que al mirarlo sea para todos los animales motivo de temor y enseñanza de todo lo que puede la maldad y la ignorancia.

-¿Ignorancia? Gritó con asombro el gorila, mientras golpeaba su pecho. - Es imposible, según se afirma entre nosotros es un ser muy inteligente, capaz de hacer máquinas voladoras, computadoras con poder de pensar, aparatos que todo lo hacen veloz.

The Irrational One

(Continuation)

"No!" The tiger growled while walking harmoniously among the crowd: "Man is the cruelest animal of all creation. He calls us inferior beings and wild animals. We are aware that we only kill when we need to feed ourselves. But this "so called" human born of evil, kills for pleasure, and makes a sport out of it. He creates machines and bombs that destroy everything. The most powerful country is the one who has the most advanced weapons. He pollutes the environment with his factories, and he becomes an assassin to keep possession of his land. I ask myself is it not the earth property of all to us? Or perhaps I am mistaken, maybe the land indeed has names of owners printed within? Is this evidence of intelligence? I don't like it when we, as animals, confuse one thing for another. This man is not an intelligent species."

All the other animals were howling and roaring in unison with the tiger's speech. The crocodile's eyes, barely raised above the water, were looking with sympathy at the tiger. The kangaroo was clapping his palms with absolute joy. The trees of the jungle, as the wind blew through them, murmured their anger against mankind.

El Falso Racional

(Continuación)

No. Dijo el tigre, mientras se paseaba cadenciosamente entre la audiencia: El hombre es el animal más salvaje de la creación. A nosotros nos llama seres inferiores y salvajes, pero nos consta, que solo matamos en búsqueda de alimentos, este humano nacido del demonio, mata por placer, hace un deporte de la cacería, Inventa máquinas y bombas para destruir todo. El país que más poderoso se cree es el que tiene mejor y más avanzado armamento. Con sus fábricas contamina el ambiente, asesina por conservar sus territorios. Yo me pregunto ¿Y no es la tierra propiedad de todos? ¿Me equivoco? ¿Tiene la tierra un nombre grabado en ella? ¿Es esto acaso inteligencia? Así que no me gusta que se diga una cosa por otra: este ser No es inteligente.

Todos los animales al tiempo apoyaron con gritos y rugidos al tigre y los árboles de la selva, contagiados de entusiasmo, murmuraban su enojo con el viento. El cocodrilo miraba el discurso sacando apenas sus ojos del agua. En cambio el canguro no dejaba de aplaudir

The Irrational One

(Continuation)

The panther, with glowing eyes against her black skin, went on to say:

"Every day man has become the most dangerous animal, even to his own doomed species, I heard man say "Man is his own worst enemy...just like the wolf that has no predators except their own kind."

"I protest", yelled the wolf, howling with anger:

"It's extremely rare that a wolf will devour another, except perhaps in times of extreme hunger. For that purpose, he would seek the most injured or the weakest... It's an insult to me that the panther tried to compare us with a human being. I more or less could say that the one who is responsible for mankind's existence is the monkey because I heard that man has come from him."

From a nearby tree, with a high pitched tone of voice, the monkey protested: "Do not blame me." Showing his acrobatic ability, swinging from one branch to another, he continued on saying: "Our ancestors, worried about the human belief that man evolved from monkey, have made studies on this matter and have come to the following conclusion; ' In ancient times we had a lot of physical similarities to man. The truth is that we are completely different. After all, can evolution go backwards? Can a less evolved species come from a more evolved one like us? Could man have evolved from a monkey? No! It would be more acceptable to say that we came from man. It is easier to believe that species of peace could evolve from cruel species, than the other way around. But we prefer the belief that we have nothing to do with them at all.'"

El Falso Racional

(Continuación)

Es verdad, continuó la pantera, ojos de luz entre sus pieles negras: -Cada día el hombre se ha ido transformando en un animal peligroso, incluso para su propia especie. Yo le oí decir: "El hombre es el lobo del hombre."

-Protesto, gritó el aludido, mientras con un aullido dejaba entrever su enojo:

-Son Casos muy raros en que un lobo se coma a otro lobo, quizá en épocas de hambre extrema y para ello solo se busca al menos dotado o al herido... Así que me parece un insulto de la pantera, el que se pretenda compararme con el humano. Yo más bien puedo decir, que el culpable de su existencia es el mono, pues he oído que de él procede.

-No me carguen la culpa a mí. Dijo en protesta desde un árbol el chimpancé y demostrando su habilidad de trapecista continuó: -Sepan que nuestros arqueólogos preocupados de las afirmaciones del humano, han realizado profundos estudios y han hecho la siguiente afirmación... En épocas anteriores tuvimos en lo físico un mayor parecido al hombre, pero nunca fuimos los mismos. Después de todo nunca puede la evolución retroceder. Que de un hombre haya nacido un chimpancé aún sería aceptable, pues todos se asombrarían ya por este gran adelanto: que, de este salvaje haya podido salir un ser de paz. Pero preferimos la afirmación: que no tenemos nada que ver con ellos.

The Irrational One

(Continuation)

"Let us not argue where this refuse came from," the rhinoceros said angrily, shaking his horn from side to side.

"I don't want this disgraceful human being to be called an animal, because I believe it's an insult to me and to all the animals. Let us call it... 'the irrational one.'"

The alligator, opening his fearsome mouth, spoke and said:

"Don't exaggerate your anger against them, I have heard that amongst them there are good men that strive for peace and love."

"From what I know", the parrot interrupted, "It is true that not everyone is violent, but they grab onto things that have no meaning. They love money more than their parents. They fight and kill each other because of it. They look for money with desperation. Humans are certainly strange. Some of them dress prettier than a peacock while others next to them don't even have a piece of stale bread to eat. I am in agreement with the rhinoceros and I would like to propose that from now on the human will be called the irrational one."

The lion ran the voting. The motion was accepted by acclamation.

El Falso Racional

(Continuación)

No discutamos de dónde vino esta basura a la creación. Exclamó el rinoceronte mostrando su cuerno con notable enojo: -Lo que yo deseo es que a este ser tan despreciable, no le den el nombre de animal, pues me parece un insulto a mí y a todos los animales. Llamémoslo solo: falso racional.

Habló entonces un lagarto abriendo primero su enorme boca y diciendo casi entre dientes:

-No exageres tu enojo, me dicen que entre ellos hay hombres muy buenos, que buscan la paz y el amor.

-De lo que yo sé, interrumpió una lora, - cierto es que no todos son violentos, pero se aferran a cosas sin importancia: aman al dinero más que a sus padres, por él se pelean y se eliminan, lo buscan con desesperación... Ciertamente son raros: unos salen vestidos más bellos que un pavo real y otros junto a ellos, carecen de un mendrugo de pan. Yo estoy de acuerdo con el rinoceronte y quiero presentar como moción, que en adelante al humano lo llamemos: FALSO RACIONAL.

El león dirigió la votación. La moción fue aceptada por aclamación.

The Irrational One

(Continuation)

Then, the dog spoke:

"You are making a serious mistake, I live next to the human and I know of a book that states that God created man in his own image and resemblance."

"Blasphemy! Insult!" all the animals yelled in unison, "How dare you compare God with the savage human!"

It was difficult to impose silence, at last the dog continued on saying: "The human is a good being that at the moment is disoriented, maybe sick of violence. He is an intelligent being that is misusing his abilities." With hoarse voice the hippopotamus replied:

"I say that it is not necessary to devour this human because when it comes to their own destruction they themselves are all they need. I don't want to be infected with his savage impulses. I don't even want a drop of his blood." And after saying this he left heading down the river.

El Falso Racional

(Continuacuión)

Habló entonces un perro así:

-Cometen muchos errores, yo vivo junto al humano y conozco un libro en el que se afirma: "Dios creó al hombre a su imagen y semejanza.

-¡Blasfemia, insulto - Gritaban todos al unísono.
- ¡Cómo se atrevieron a comparar a Dios con el humano salvaje!

Fue difícil imponer silencio, finalmente, continuó el perro:

-El humano es un ser bueno, que se encuentra desorientado, quizá enfermo de violencia, es un ser inteligente, que está empleando mal sus capacidades

Con ronca voz mencionó el hipopótamo:

-Yo digo que no devoren a ese hombre, para no más de destruirse, ellos solo se bastan. Yo no quiero contagiarme de sus salvajes impulsos, no quiero ni una gota de su sangre. Y diciendo esto se marchó por el río.

The Irrational One

(Continuation)

All the other animals gradually left after this. The gorilla exclaimed before he retired "Poor human... How far you are from our natural instincts!"

The moose shouted as he was parting:

"Yes, how little resemblance to an animal you are, how far you are from what you should be. Good-bye irrational one."

The eagle from the top of a tree said:

"I see a mixture of intelligence and ignorance: you build skyscrapers, bridges, boats, roads, airplanes, and rockets, but have an incredible inclination toward violence. You search for happiness but you sink in sorrow. You have great goals but you crash in the mud. You poison yourself with the loneliness that brings alcohol and drugs. We should admire you, but instead we feel sorry for you. You have only one world, but with the bombs that you make, you could destroy twenty of them. In the whole universe, there is not another world like this one. This is your paradise, protect it. Do not eat the seed of the tree of science that brings you evil and destroys you."

El Falso Racional

(Continuación)

Todos los animales se retiraron poco a poco.

El gorila intervino nuevamente al retirarse:

-¡Pobre humano!... ¡Qué lejos estás de nuestros naturales instintos!

Exclamó un alce antes de su despedida:

-Sí ¡Qué poco animal eres, cuan distante estás de lo que deberías ser! Adios falso racional.

El águila desde la cima de un árbol comentó así:

-Yo descubro en ti una mezcla absurda de inteligencia y de ignorancia: construyes edificios y puentes, barcos y carreteras, aviones y cohetes, pero tienes una increíble inclinación a la violencia. Buscas alegrías y te hundes en la amargura, sigues grandes ideales y te estrellas en el fango, te envenenas en la soledad del alcohol, las drogas y el tabaco. Deberíamos admirarte, pero nos das lástima. Tienes apenas un mundo, pero con las bombas que construyes, podrías destruir veinte de ellos. No hay en el cielo un planeta con mejores facilidades para la vida. Es éste tu paraíso, no salgas de él por comerte el fruto del árbol de la ciencia que nos conduce al mal... No nos elimines.

The Irrational One

(Continuation)

"Forgive my tardiness, and my presence in this sad condition", interrupted a bleeding dove, that was dragging along the dirt. "I am the dove of peace; I am the one who makes its appearance at the United Nations' or at the peace treaties. But in the end, it's a charade because of racial, political, religious, or territorial conflicts that divide the human race."

Everyone was gone with the exception of the slow turtle, who gave the last speech:

"Can you see now irrational one? All the animals have left you without causing you any harm. We, as animals, do not fear your weapons; instead, we fear your conscience. Do not stray away from the road that makes you one of us. We, as animals, are wise while you sin with ignorance. Seek only love nature and life and your motto will be: peace, peace and more peace.""

El Falso Racional

(Continuación)

-Perdonen mi tardanza y que me haga presente en estas lamentables condiciones, dijo una paloma sangrante, que más que volar se arrastraba, yo soy la paloma de la paz, solo aparezco radiante en los discursos de la O.N.U. o en acuerdos de paz; pero todo se transforma en farsa, unas veces por problemas raciales, por causas políticas, por territorios o bien por religiones que dividen a los humanos.

Todos se habían marchado, menos la lenta tortuga, la cual concluyó así:

-Ya ves falso racional, todos se han ido sin hacerte daño, no temen tu metralla, sino tu conciencia. No te resbales del escalón de la animalidad, porque los animales somos sabios y tú pecas de gran ignorante. Busca siempre el amor a la naturaleza y a la vida y sea en adelante tu lema: paz, paz, paz."